U0917188

我在上海当区长

李伦新 著

文匯出版社

图书在版编目（CIP）数据

我在上海当区长 / 李伦新著. — 上海：文汇出版社，2015.11

ISBN 978-7-5496-0370-1

Ⅰ. ①我… Ⅱ. ①李… Ⅲ. ①散文集-中国-当代 Ⅳ. ①I267

中国版本图书馆CIP数据核字（2015）第266012号

我在上海当区长

封面题字 / 张　森
出 版 人 / 桂国强

作　　者 / 李伦新
责任编辑 / 鲍广丽
封面装帧 / 许政泓

出版发行 / 文匯出版社
上海市威海路755号
（邮政编码200041）
经　　销 / 全国新华书店
排　　版 / 南京展望文化发展有限公司
印刷装订 / 上海中华商务联合印刷有限公司
版　　次 / 2016年1月第1版
印　　次 / 2016年1月第1次印刷
开　　本 / 890×1240　1/32
字　　数 / 153千字
印　　张 / 8.625

ISBN 978-7-5496-0370-1
定　　价 / 42.00元

自序

人生如一次从此岸到彼岸的航行，行进过程中的种种声音，虽有高低之分、强弱之别，但都无不本真地记录了当时当地社会人文的真情实况，特别是当时当地人们的心路历程、心声。这些声音，都从不同侧面记录了时代风云和社会风情。我写的《船行有声》一书，就是记述自己前半生的亲身经历。

《船行有声》出版后，得到读者朋友们的鼓励，热诚地希望我继续写下去。上海市作家协会为此书出版举行了座谈会，在汪澜、马文运同志的主持下，钱谷融、王安忆、叶辛、陈村、郜元宝、丁锡满、杨扬、杨剑龙、王宏图、王岚、李关德等与会作家都给予热情鼓励和指教，并鼓励我接着写下去。

如今我已年过耄耋，欣然回眸，重新面对自已在人生旅途中那正正歪歪、浅浅深深的足迹，依然清晰可见；沿途亲闻的种种声音，似又在耳畔回响；目睹种种景象，也映现在脑海上，这令我感慨良多，想到这些都是不应该淡漠和遗忘的，我不会“把我的记忆上了锁”，也不会对任何人说“那钥匙就由你来保管吧！”（借用奥菲利娅对哈姆雷特说的话）不！我不会这样，因为这些不属一己之私事！我要力所能及地回忆，继续写下去，于是又写了《我在上海当区长》这本连续性的随笔集。恳切希望读者批评指教，我由衷感谢！

李伦新

2015年11月21日于乐耕堂

目录

实　　地

人有双脚，踏实在地才能站稳站直走好。

当选上海市南市区人民政府区长后第二日，适逢星期天，早起。我在家品茗吸烟，独坐沉思，思绪纷繁，感慨良多。人生路上摸爬滚打了几十年，如今在摔倒的地方不仅重新站了起来，而且还被推上了一区之长的位置，众目睽睽之下，心里总想着对自己说一句话：你可要争口气，决不能让人民代表们后悔投了你的赞成票！

与此同时，我还想到：要以后半生的为人处世印证前半生的为人处世，决不淡忘年轻时立定的志向！我没有从事政府工作的经历和经验，也没有当这样层次领导干部的能力，出任一区之长自觉有点“赶鸭子上架”的意味。我最喜欢的是写作，尽管因写作惹了祸、遭了难，但至今依然对文学创作情有独钟！如今既然走上了区长岗位，唯有全力以赴地尽力而为，除此再别无选择！

习惯早起的我，今天在家里有些坐立不安，看书走神，手足无措，忽然想到不如干脆出去走走，看看，于是迈步独自走出了家门。在区属地域范围内的人行道上，我漫不经心地边走边看，脑中想的是在实地了解区情的基础上，考虑区政府工作的思路和抓手。

不经意间走到了环城圆路之老西门段，走过西园书场来到中华剧场门口，传说“孙中山先生曾经在里面看过戏”，不知属实否？这需要考证核实。在区文化科工作期间我常去的这座老剧场，知道它有不少历史文化方面的记忆，值得严肃对待。“文化大革命”实为文化大破坏，现在到了应该重视此类历史文化工作的时候了。

如今的中华路、人民路，是上海拆除城墙填掉护城河筑成的，市民至今仍习惯叫它“环城圆路”，11 路无轨电车绕城一圈，起点站就在终点站。“乘 11 路电车，环城兜一圈白相相”，是老城厢市民日常生活的一种乐趣，至今难忘。

前面到了小北门，人民路大境路口是古城墙上大境阁旧址。这是一处有深厚历史人文底蕴的所在，我不由驻足探望了一会儿。据说当年拆除城墙时，这上面还有沪城八景之一的“江皋雪霁”，相传海派绘画名家虚谷、任伯年先生等曾在这里泼墨挥毫，谈诗论画，极富历史文化底蕴，可如今还被用作里弄生产组的工场和居民的住房，生产与

古城墙上的大境阁

生活皆用煤球炉或烧柴爿，明火对木结构古建筑带来安全隐患……我不免凝眉沉思起来——大境阁古城墙急待抢修保护，所在地政府责无旁贷！

我有意识地加快了脚步，来到丽水路口，驻足凝望了一会儿，那络绎不绝地进出老城隍庙、豫园的游客，来自全国各地和世界各国，这里堪称是上海的一道独特风景，因而显得有点拥挤与杂乱。显然这里应该是区政府工作的重点所在，丽水路口作为主要通道需要适当拓宽与整治，能否在路口建个醒目而富有特色的标志呢？

如此步行环城圆路，观赏街景市容，我不仅不感到累，反觉得蛮有意思，于是走得更起劲了。有次在临街的烟纸店买了包香烟，和营业员“嘎讪胡”，交谈随意而自然。这位营业员是头发花白了的老人，我问他可知道这人民路曾经“一路两色”？他面带微笑连连摇头。我又问：“你看到过人民路曾经名叫民国路吗？路面当中看上去有一条分界线，两边是不同的两种颜色——用不同的材料铺就，一边铺的是沥青，一边是大小相同的石块，因为当年一边是中国地界，一边是法租界……”营业员还是摇了摇头。

我曾经在人民路上的一条弄堂里的小工场当学徒，后来进了人民路上的一幢大楼当机关干部，家也搬到人民路上的集体宿舍，看到过这“一路两色”的奇怪景象，记忆深刻难忘。

我想，何止只是这位营业员不知道这些历史？大凡中国人都不应该忘记这样的历史啊！

不经意间，走到了厚德大楼门口，我驻足凝望：门，还是那个门，但已不再是中共邑庙区委机关，而是成了一家圆珠笔工厂。这令我浮想联翩，思绪万千。这里曾经是我工作过的青年团邑庙区委机关，留下了我歪歪扭扭的足迹，青春稚嫩的歌声，还有跌跤的难忘教训，以及离别时的百感交集。

过了小东门是小南门，光启路上的九间楼不能不去看看。这条路是徐光启故居九间楼的所在地，故改名光启路，为的是让人们对这位引进西方先进文化技术的先驱，倡导中西合璧，为海派文化的探索和发展作出不朽贡献的开拓者，留下永久纪念，并进一步发扬光大。我想，在这方面区政府可以而且应该做些什么呢？

来到文庙路口，我思绪翻滚，因文庙而得名的这条小路显得过于喧闹，小摊小店拥挤，使近在咫尺的文庙被嘈杂声包围，而孔夫子及其弟子实际是需要安静的。上海市区仅有这一座文庙，无疑应该好好保护，发挥其应有的作用。

沿环城圆路走了一圈，不是我有生以来第一次，然今天连续的视角和感觉却不同以往，虽说是走马观花，倒也收获不小。这里是上海城市之根，文化底蕴颇深，人文历史遗存丰厚，发展前景乐观，当然困难和问题也不少。作为区政府的第一责任人，我应该怎样担当起应尽的责任？我感到肩上的担子沉甸甸的……

在南市区这块22.48平方公里的土地上，居住着82万人民。区位优势是地处黄浦江两岸，大部分在浦西；地处上海老城厢，是上海之根。如何对诸多文物古迹进行保护，使之在传承中发挥积极作用，任务十分艰巨。浦东则有南码头、塘桥、周家渡、上钢新村四个街道（在任后期，杨思镇也从川沙县划入了南市区），浦江两岸的民众往返和车载货运，至今依然靠轮船摆渡，既不方便也不安全，还要受潮水涨落的制约，特别是台风的影响。

回到家里，我牛饮似地喝了一大杯茶，点上一支烟，猛吸了一大口，过了过瘾，疲倦之感顿时烟消云散。坐在陋室的窗前，我梳理了一下今天环城步行的感受：看来保护和创新、继承和发展，是个值得深思和探索的问题！我把它记在了刚启用的新笔记本上。这本笔记本将如实记下身为区长后我的所作所为，所思所虑，包括种种烦恼和苦恼。

与此同时，我又想到：今后要尽可能地多到实地走走看看，踏踏实实地工作，起码要做到自身不贪不懒，为民排忧解难，尽力开拓创新，并经常检查改进！对，下一个星期天就到南市辖区范围内的浦东去走走看看，当然是骑自行车去，过江后骑车兜一圈，必要时下车推行，边走边看。

浦东这块土地我是熟悉的，而且有着特殊的感情。

1958 年 3 月初，我下放在六里桥的六北生产队劳动，洒下的不仅有辛勤劳动的汗水，也有悔恨交加的泪水——自我责备和后悔莫及！下放劳动期间，我得到人民公社社员们的帮助和照顾，一直铭记在心。如今我是公务员，面对衣食父母和服务对象，我应该脚踏实地，担负起应尽的责任，决不能辜负人民群众的信任与期望，不让人民代表后悔投了我一票！

串　门

上任伊始，先串串门认认人，事在人为啊。

我离开团区委机关到浦东劳动，继而离开上海20年，重新回沪后在文化系统和基层工作，对政府部门接触有限，认识的人也不多。到区政府上任伊始，我清醒地意识到自己的弱点：没有政府行政经验，对全区的情况特点也了解得不全面。我面临的首要任务是熟悉区情，只有把握本区的特点，才能做到从实际出发，做好区政府的工作。而工作要靠干部们去做，可我连区政府各局委办的大多数干部都还不认识。

我想我必须注意避免“见物不见人、见事不见人”的倾向，树立人的因素第一的观念，了解和把握区情固然很重要，尽快认识干部，进而熟悉他们，和他们打成一片，尊重并依靠他们做好全区工作，这更加重要。为此，我决定除了应对必要的会议和日常工作外，其余时间应主动到各局、委、办串串门，认认人，和干部们聊天谈区情，听建议意见，请他们支持区政府，为人民做好工作。于是，我让办公室帮助排了一张表，一个部门一个部门轮着去走访。

在区长任期内，一定要办成几件实事。首先想到的是建一座新的区图书馆，原来的区图书馆实在是太破旧不堪了，我曾经就此写过一篇题为《图书馆？漏水馆？》的文章，发表在《解放日报》上。如今既为区长了，能不竭尽全力造个新图书馆吗？如果不那样的话，别说选民会戳我的脊梁骨，就连我自己也会问心有愧的！造图书馆，没个几百上千万元，能行吗？此外，南市区有“两多一少”之说——居民用煤球炉、马桶的人家多，高楼大厦少。对此可以不去考虑造高楼大厦，也不必去想居民家里马上都能改用煤气和抽水马桶，但当务之急，是建一些倒粪站和液化气站，以改善居民的日常生活。这是市民迫切希望而且比较可行的实事，可这也需要一笔不小的资金。还有抢修古城墙、大境阁……想做的事情太多太多了，每一样都要花钱啊！

正因为如此，走访政府各部门时，我开始很自然地首先去了区财政局。

一走进财政局，见了蒋局长我就问：“我们区去年财政收入是多少？”

“去年全年区财政实际收入是27 400万元。”蒋局长精确地说。

“哟，收入还可以呀……”我听了禁不住喜形于色，没等我后面的话出口，蒋局长笑笑道：“收入全额上交，区里一分钱也不得自行使用！就连区级机关工作人员的工资，也要按花名册造表报市里批复后，方可发放。”

“啊？这……？”我不解地喃喃自语。

原来，上海市所属的区虽然是一级政府建制，却不是一级财政！业内人士不无调侃意味地说，区财政其实是“过路财政”。

首次走访区财政局，和部门领导人交谈，听取意见，收获不小，坚定了我一个部门一个部门走访的决心。然而，有的部门领导班子集体接待我这个首次登门的新区长，客气有余而坦诚相见不够，能提出意见或建议的更少。这似乎也可以理解，初次相见，哪会都一见如故？

要真正达到以心换心，关键是自己既要耐心，更要诚心，力求坦诚相见。于是我除了工作时间到各局委办串门，再根据有的部门负责人的实际情况，分别登门进行个别访问。为此，每个星期天我用半天时间，走访一位局委办领导同志的家庭，氛围和效果大不同于前。

“南市，难事！南市区，难办事！”一个星期天的上午，我按预约来到一位年纪较大的局长同志家里。开始难免有些客客气气，我有意识地和他随便聊聊，尔后我坦诚地表示自己没有行政工作经验，希望得到大家的支持和帮助，共同做好区政府工作。谈着谈着，这位局长同志敞开了心扉，意味深长地叹了口气说：“唉！本区干部中流行着这样一句话：南市，难事！南市区，难事区，难办事……”

“是不是有些老百姓对政府有这样的口头评语：‘门难进，脸难看，事难办’？”我不无感触地接口问道。

“是啊，我们刚进城时可不是这个样子！”他感慨地说。

沉默，好长时间的沉默。

我暗想：人民政府根本有别于从前的“衙门”，是为人民服务的，老百姓怎么会有这样的感觉呢？

“区里干部也有这种感慨，连我们这些局委办的负责人同样也感到工作难以开展，想办的事情总是阻力重重，牵扯多多，很难办成。”这位局长沉默了一会儿后说道。

接着我和他一起分析事难办“难”在哪里。地处老城厢，危房旧屋多，大多数居民至今还在使用煤球炉、马桶，客观因素应该充分认识，正确对待。可主观上呢？无论从哪个角度看，总会有不同的观点，不同的态度。

区里干部认为，一是市里管着一些管不了、管不好的事情，却又不让区里管，使区里有力无法用，显得无能为力；二是区里的机构和部门相互牵制，彼此制约扯皮，束缚了职能部门的主动性、积极性……交谈渐渐地深入到体制、人际关系，坦诚随意，但都不指名道姓，涉及党和政府、人大、政协的职能和相互关系，尤其显得特别谨慎。

我从这位局长家带回来的是一连串问号，促使我不得不反复思索一些深层次的问题，其中涉及多方面因素，如历史方面、体制方面、人际关系方面、思想观念方面等等，错综复杂。

当然，并非只有南市区存在事难办的问题。从本区历史和现状看，要具体分析：哪些事怎样难办？主要难在哪儿？解决的路径在何处？面对一个个待解决的难题，我想到何不向兄弟区有经验的区长去请教呢？兄弟区会不会有过或者继续存在类似的情况和难题？他们是怎样面对和处理的？

想到这儿，当天晚上我就主动和兄弟区的区长电话联系，讲了我的想法，向他们请教并建议相互交流，得到他们的一致赞同！

争　　权

官场最忌争权，为民争取事权则应另当别论。

本市各区政府，统一在相对集中的时间段换届，选举产生的新一届各区区长多数是新当选的，都有相互之间交流、探讨区政府工作的意愿。我在和他们分别电话联系中，大家都认为面临的情况和问题带有共性，不约而同地表达了共同的愿望：在一起相互交流如何开展区政府工作。

“第一次区长碰头会，就在你们南市区召开，由你召集和主持，你看可好？”联系中好几位区长都这样提议。

“可以呀，只是要事先报告市政府区政处，并请他们派同志来参加！”我说。

“这……有必要吗？”有的问道。

“我看非常有必要……”我回答说。

随后，我为各区区长首次碰头会忙着做会务准备，地点安排在豫园内，安静。报请市政府区政处并请派有关同志参加，也得到了落实。

新一届第一次各区区长碰头会在我们区豫园内顺利进行，与会者大都相识。如徐汇区张区长、黄浦区陈区长、普陀区何区长……即使初次见面，也都老熟人似地无拘无束，畅所欲言，意见大都集中在如何搞好区政府工作，怎样开创区政府工作新局面，提出了种种设想和建议，相互毫无拘束地议论起来，气氛活跃。

我深感区长们都有做好工作的热切愿望和迫切心情，但又一致认为有无能为力之感，难以放开手脚为人民群众办实事做好事，希望市里有关部门在规定范围内能下放事权，包括城市建设和管理方面的一些项目的审批权，财政税收和费用支出方面的分级、分类管理事权，等等，这有利于调动各区的积极性，多为人民群众做好事，办实事！

市政府区政处的与会同志，对区长们的建议和呼声是了解而且理解的，但都持谨慎态度，这完全可以理解，他们选择了只听、只记，不对具体问题当场表态，也应该给予尊重。他们对区政府工作的甘苦是理解的，只要他们能如实地下情上达，我们就很感谢了。后来的事实证明，他们实际所起的作用，大大超过了我的预期。这些同志后来都成了区长们的好朋友。

可喜的是市委、市政府主要领导同志态度明朗而且一致，都主张给区政府下放事权，充分发挥区政府的积极性，但具体方案尚需在调查研究的基础上制定和讨论修改。

与市委、市政府主要领导的明朗态度相比，有些市级行政职能部门的领导同志，对给区政府下放事权心存疑虑，担心审批权之类下放给区里，区里不能做好工作，惹出乱子。但他们也是为了工作，我们在区政府工作的人要多理解他们。人的认识改变有个过程，要让他们切身感受到，下放事权不仅给区里工作带来有利之处，而且对全市工作都是有益的，急不得。

亮　相

每人都有一副长相，刻意亮相会有失本真。

西凌家宅住宅建设工程，是南市区人民最为关注的住房建设项目，施工进度和质量方面存在的问题，在区人代会期间是代表们的热议话题，也是很多居民关注的热点问题之一，自然也引起了区领导的重视，对此，我当时还只是略有耳闻。

到区政府上班后的第二天，我就去了西凌家宅工地现场，到处看看问问，独自转了两圈，和工人同志随便聊聊，了解工地的情况，而后到工程指挥部听取负责人的情况汇报。

通过多侧面的了解情况，听取意见，和分管副区长及有关职能部门的同志多次分析研究，比较一致的看法是：西凌家宅住宅建设工程的症结所在，一是规划设计方案不尽合理，建筑密度过高，绿地面积几乎没有预留，在一定程度上影响了预售；二是施工单位只有一家外地建筑公司，其资质特别是技术力量和实际能力都很有限，不引进竞争机制难以胜任；三是经营管理方面存在的问题。三方面问题，关键在于领导，各方面对工程的主要负责人意见相当集中，而且比较尖锐。

经区政府办公会议集体研究，并报区委同意，我们决定调整工程指挥部的领导班子，原主要负责人免去职务，另抽调行业内一名相对年轻的同志主持工作，同时采取了加强集体领导的几项措施。

这一经过充分酝酿、集体讨论的果断决策，在干部群众中引起了相当程度的震动和议论。

被免职的原工程指挥部主要负责人，情绪激动地来到我的办公室，很不满意组织的调动，声泪俱下地申述自己在工程中的工作情况，免不了为自己辩解，说些过头的气话。

这是预料之中的事，虽然我没有这方面的应对经验，但我清醒地意识到：必须坚持原则，执行组织的决定！当然也设身处地为他着想，尽可能地体谅他、理解他，耐心地听他把话讲完，尔后诚恳地和他谈心，既坚持原则又体谅他的处境，希望他冷静下来，能反躬自省，吸取教训，在今后工作中以实际行动争取群众和领导的信任。

经和区城建办领导班子商量并取得共识后，很快给这位同志重新安排了适当工作，不忘对他继续关心和帮助。

西凌家宅建设工程新领导班子很快有了新的举措，带来新的气象：引进多家建筑工程公司招标竞标，择优录用；适当调整了规划设计，少建一幢高楼，增加绿地面积，放宽楼宇间幢距，预售打开了局面，一些市级单位预购了楼层。

尤其是电视台等新闻单位在这里购房有带动效应，资金周转难题随之有望破解，走出困境的可能性日益明显。

后来，市委、市政府的主要领导对西凌家宅住房改建工地非常关注，先后到现场视察指导，给建设者们鼓舞信心，也给工地负责人指明了进一步努力的方向。

这个工程面貌的改观在区内干部群众中引人注目，议论纷纷，有的说是新一届区政府带来了新气象，解决了老大难问题；有的说是新一届区政府“新官上任三把火”的第一把火；也有的说是新区长亮相……

听到种种议论我态度冷静，表示这是在本届区政府行政之前就已开始着手解决的问题，不是新一届区政府的新决定。换届前区“四套班子”已取得一致意见，上一届政府已经解决了的。我不赞成“新官上任三把火”之说，上任伊始，如果为了烧“三把火”，往往容易“烧”得不准，甚或“烧”出后遗症。

至于亮相，新当选的区政府领导成员自然会亮相，但不是登台亮相，也不是口头亮相，更不是化妆亮相，而是在扎扎实实地工作中，在稳妥地处理急、难、重等问题上，自然而然地亮相，亮出本来面目。

西凌家宅住宅建筑工程面貌的改变，使我切身体会到，关键取决于领导班子的顺利调整，而其之所以能顺利调整，则取决于区委、区政府、区人大、区政协四套班子主要领导同志的齐心协力，对被调整对象意见一致，对外也口径统一。

区长当然要注意自己的形象，也难免上主席台或在公众场合登台亮相，但那只是表象，表面形象，甚至是有几分故作姿态的假象。在群众眼里心里，自然会有你的真实形象，群众心里不但有杆秤，能准确称出你有几斤几两；而且还有一支笔，你的画像在他们心里也很清楚！这是你的所作所为、所言所行所塑造的真实形象！

五　元

五元钱引发的尴尬和联想，是有益而多方面的。

作为一名生活工作在上海老城厢地区的居民，我清楚地认识到，老城隍庙、豫园及其周边地区，无疑是区政府的工作重点所在。这个地区的市政管理，综合开发，不仅是全区工作的重点，而且是市委、市政府领导所关注的重点。豫园是全国文物保护单位，一座富有特色的江南园林。“白相城隍庙”是上海人的日常生活写照，“没玩过城隍庙，等于没到过上海”，是全国各地来沪人员的口头语。来自世界各国的外宾和旅游者，对富有中国历史文化蕴涵的城隍庙地区，无不跷起大拇指，啧啧称奇。

作为上海老城厢地区行政机关第一责任人，我不再像以前那样到那里去优哉游哉地随便走走看看，而是边走边看，边问边想。有时也会以一个游客或顾客的身份走进商店，借买五香豆之机，和营业员顺便聊聊，和清洁工闲谈几句，了解人流量等方面的情况。

当然，我专门找了豫园商场负责人老顾听取意见。他是我 50 年代在青年团机关工作的老同事，能敞开思想畅谈情况。想不到老顾任经理的豫园商场，只占这一地区营业总量的一小部分，不少区属公司都在这里占有一定份额，市属企业也有一些，但不多。豫园地区呈现的是“八国联军，各自为政”的局面。这里的商店分属于十几家上级公司，不仅有国营、集体和个体不同性质的企业，而且有行政、事业和公益单位的，受利益驱动，彼此各自为政，政出多门。

在我看来，现行的体制、机制问题如不进行态度坚决的根本改革，这里的面貌就很难得到根本改变！偏偏这一点不是区政府力所能及的，它必须得到市政府、市各有关部门领导的支持，否则寸步难行。为此，在充分调研和思考的基础上，我拟了一份初步建议：建立豫园地区各有关单位负责人联席会议制度，由区长或分管副区长主持召开，就建设管理方面的问题进行协商寻求一致，在此基础上所作的决定，各单位必须贯彻执行。与此同时，就豫园地区开发建设问题进行深入调查研究，制订中长期发展规划。

很快，每周四定期举行的联席会议制度就建立起来了，区长和分管副区长逢会必到，对协调解决一些具体问题起到了一定作用。但是如何高瞻远瞩、从全局出发和长远考虑进行统一规划，有计划、高起点地对老城隍庙地区进行开发建设，使之成为上海市区内独一无二的、集人文旅游商贸于一体的特色地区，这一思考中的课题，却成为联席会议制度也无法解决的难题。

在此情况下，我想到应该邀请市分管财贸、旅游、城建的副市长及市文化、旅游等有关部门的领导同志来老城隍庙开一个咨询会议，请他们帮助出主意，给予指导帮助。

这一设想经向区委及四套班子领导汇报并一致同意后，进入了紧张的会务筹备阶段。一方面向有关市领导发出邀请函；另一方面，区属各有关单位协调有序地进行会务准备，有点紧锣密鼓的紧张气氛，大家都很热情。

在和绿波廊餐馆周经理商量会务工作时，我提出一个建议：区政府按每位与会者五元钱的标准付费，由绿波廊提供一份特色小点心，如眉毛酥、桂花拉糕、小粽子等。"来的都是市里的有关领导、专家和媒体记者，平时你想请都请不到，这可是宣传介绍绿波廊特色小点心的难得机会啊！"我特别强调说。

"是啊，这些人我们早就想请了，哪能请得到啊！区政府就不要付费了，我们作广告费开支，没问题！"周经理高兴地表态说。

"不，照付！"我说。

可是，想不到的情况发生了。就在会议即将举行的前一天，我突然接到区委书记的电话，让我马上到他那里去一下。

马上？会是什么事呢？揣着有些疑惑不安的心情，我走进了区委书记办公室。

这是位令人敬重的老领导，一如往常地和颜悦色，客气而又耐心地对我说："邀请市里有关领导同志来豫园地区开出谋划策的会议，就不要吃点心了，这样安排，干部群众会有意见。你看是不是马上改一改，取消吃点心还来得及。"

没想到，实在没想到区委书记急着叫我来，竟是为五元钱一人一份点心的事！我不无尴尬地愣怔着，一时不知怎么说好。过了一会我明确表示，一切已安排了，也都准备了，这回就不要改变了，如要检查检讨的话，会后我承担责任。

区委书记皱了皱眉头说："那，就开好会后再说吧。"

我非常感谢这位区委书记，让我开好会，否则不让开会，或只让开会但要取消每人一份的五元点心，会使我这个刚上任的区长多么难堪！

会议开得很好，不仅出席率高，出席者层次高，而且发言质量也高，对豫园地区开发建设提出了许多"金点子"，还表示要积极参与和支持、配合南市区开发建设豫园地区。

1958 年以来的失眠症时轻时重，没有彻底摆脱，时好时差的老毛病，会议结束的这天晚上又犯了，缠绕心头的"五元钱"问题，怎么也摆脱不掉。

在为会议开得比较成功而颇为高兴的同时，我无法不为这“五元钱”问题而深思。看来，这个细节具体地反映了当时当地许多干部的思想状况和体制方面的制约关系。

“现任四套班子的领导同志都在关注我这个新上任的区长，能不知道这五元钱的点心问题？有想法向区委书记反映，能不引起他的重视吗？哎，我只顾如何开好会议却忘了考虑这些。没想到区区这五元钱点心问题，竟涉及方方面面的复杂关系问题！”

服了常用剂量的安眠药还是辗转反侧，难以入睡。朦胧中我忽然喃喃自语起来：“五元钱事小，一元化领导事大！”

我深感自己缺乏从政经验，不懂得我国体制的特点和官场的潜规则，这使我清醒地体会到，思想解放不是件容易的事情，改革开放的步履也不会都轻快，既要有勇往直前的精神，又要有细致周到的工作。幸好区委、区人大、区政协和区纪委的领导同志都谅解了我，使我上任伊始时没有出洋相，我由衷地感激四套班子的领导同志！感激所有理解、支持、帮助我开展工作的同志！

我心存感激的同时，也叮嘱自己：今后一定多向区委汇报请示，主动和区人大、区政协沟通情况，争取各方面的理解支持，学会处理好各种关系，是做好区政府工作必须重视的问题。

“五元？五指？一手五指，捏紧成拳，才有力量……”这，不完全是梦幻之语。俗话说，日有所思，才会夜有所梦。

信　　访

信访，基于信任，应互信合作，切忌失信于民。

区长这活真够累的，会议多、文件多，应付应酬也不少，确实够忙的。但再忙再累我也不让自己叫苦，不准自己疾言厉色，在同事特别是下级面前，绝不流露这方面的情绪，只有在与兄弟区区长闲聊时，才感慨系之地说过一句：“这区长不是人干的活！”此外，我从不让此类情绪流露。

我为自己定了个规矩：再忙再累，每天下班之前必须看完办公桌上放着的人民来信，拟就处理意见，追询处理结果。这和我曾经是信访者不无关系。自己当年写信给领导机关和领导人的情景与心情，总会时时清晰地映现在脑海上——寄出后盼望回复，希望结果……却总是如石沉大海而失望。曾经寄给某位原先的顶头上司多封信，没有收到过他的一次回信，后来想想大有如梦初醒之叹。

我要求自己认真对待每一封人民来信。

一般每天都有五六封指名道姓写给我或写给区长的人民来信，多时达十余封，由信访科同志专门送过来。人民来信内容既广且杂，大都是某些方面的利益诉求，也有要求落实政策、反映干部作风等问题的。如有自家房产在“文革”动乱期间被强占要求落实政策，或现有住房困难请求帮助解决的；有反映社会上或地区里存在的这样那样问题的；也有批评政府工作人员作风方面问题的；还有其他方面的意见或建议，我每信必读并斟酌后提出处理意见，要求承办单位报告处理结果。

我有一个专门用于登记人民来信的硬封面练习簿，将每封来信登记日期、来信人姓名、地址、内容摘要和批示意见、责成处理的单位部门，备注栏是处理结果。这是我每天离开办公室前必须完成的功课，再晚也不允许留到明天。

区政府办公室信访科，其职责不言而喻是负责处理群众来信来访的。我到信访科去和工作人员交谈时，深感信访工作的重要，信访工作人员的辛苦和这项工作的难度，领导应该重视并切实支持信访工作。我提出了一个设想：建立每周一次区长接待信访制度，由信访科安排，让要求面见有关区政府领导或来信内容有必要的，安排当事群众来信访科，由区长或相关副区长当面接待来访者，和信访者面谈，听取意见，商讨解决途径，直到办结。

这一设想在领导班子成员中酝酿，听取意见，达成共识，形成制度，付诸实施。具体安排和日常事务由信访科负责，试行了一段时间，进行了一些改进，最终形成了一套规范化的制度和流程。

我第一次到接待室接待来访群众的印象至今难忘。坐在外面等候接待的大都是成年人，男性居多，由工作人员引到指定位置坐下后，诉说自己的问题并表达要求。有的还带来了事先准备好的书面材料，提交时说明自己的要求。我接待的这几位都很诚实，通情达理。我也以诚恳和实事求是的态度与之交谈商量，并提醒自己注意分寸，留有余地。

我曾接待过一位男同志，十分面熟。他是我在统战部工作时接待过的，他的诉求相对复杂一些："十年浩劫"中，他家受到冲击，要求归还被造反派强占的住房，据说是祖传家产，应按政策归还。与此同时，因有港台关系"文革"中在工作单位受冲击，人际关系受到影响，申请陪母亲赴港探亲，让母亲留港养老，难以批准。由于情况有些复杂，牵涉的政策比较多，一时未能圆满解决。如今我到区政府工作，解决的可能性不同以前了，但接待时我还是原则地表示会认真处理，没做具体承诺，请他相信我一定会调查后妥善处理，请他给予配合。

对这位多次来访者的诉求，我约了有关部门主要负责同志一起去走访。在事先个别酝酿的基础上，召开了一次各有关部门负责人的协调会，取得了基本一致的处理意见。几经周折，这件信访得到了圆满解决，落实了相关政策，儿子陪同母亲去了香港，老人在香港的儿子家里安度晚年。

看来这“信访”的关键词是一个“信”字，相信、信任、信服，而且是互相的，不能只有“上访”，没有“下访”——干部要沉下去，到现场和人民群众面对面，以心相见，才能相互理解，相互信任，尤其是要相信绝大多数群众是通情达理的。

令我想不到的是，后来我有机会赴新疆参加一个会议，在乌鲁木齐机场出口处忽然听到有人在喊“李区长，李区长……”姓李的人多的是，姓李的区长也不在少数，何况是在新疆，所以我没有理会。更想不到的是，高喊李区长的人朝我跑过来了，气喘吁吁地对我说：“我家住在南市区，‘文革’期间房子被造反派占了，为了落实政策我给你写过信，你到我家来看望过，政策终于得到落实，又搬回了老房子，全家人总想去谢谢你，想不到今天会在这里碰到你。”

“要谢，应该谢党的政策！”我笑着对他说。这，也是我的心里话。

对重复来信，联名集体多次写信来，我特别注意。记得有一封来信是暂住临时过渡房的动迁户写来的，签名者有十多人，诉说他们的临时过渡房住了好几年，“下雨了，屋内漏只好用面盆接水，用塑料布盖住床……雨停了，屋内滴水不停！”希望领导能到现场来看看，在临时过渡房里老百姓是怎样苦战雨天的。

面对这样的人民来信，我义不容辞一定要去现场看看。

星期天早上，雨过天晴。我骑了自行车到轮渡口，乘轮渡船过黄浦江，骑车来到南码头。这里是我熟悉且留下难忘记忆的地方，此时此刻不允许我回首往事，而是熟门熟路地直达目的地，1958 年我曾下放在这地区劳动过。

简易过渡房的门前，到处都是晾晒的棉被衣物，在雨后的阳光下蒸发着丝丝潮气。居民们忙碌地翻晒被褥衣物，无不面带愁容，口中念念有词，怨老天爷老是下雨，屋外大下屋内小下，老天不下雨了，家里还在滴滴答答……

此情此景，说怨声载道，怨天尤人，毫不为过。

心直口快的婆婆妈妈们看见我这个推着自行车的过路人，似乎有了倾诉对象，一面对我诉说，一面邀我进屋里看看。我就架好自行车，跟随女主人走进屋去。真是不看不知道，一看吓一跳。抬头，屋顶像开了天窗，都能看见蓝天；低头，仿佛才下过雨，地下湿漉漉的，怪不得她们会有发泄不完的烦恼与怨气！这里用得上“换位思考”，如果我是住在这里的居民，我会怎样呢？

谨慎地安慰了几句，我推车返回，路上想了许多，印象特深地是：要变“上访”为“下访”，而且不是坐了汽车前呼后拥地去“下访”。

回家的路上，我的心情是沉重的。区政府有关部门的干部到现场来过吗？他们对这里的实际情况知道吗？怎么尽快解决动迁过渡房里居民的生活困难呢？

看来，在对信访工作做一番深入调查研究后，召开一次全区的信访工作会议，就加强区政府信访工作要作出专门决定，切实采取措施，严格执行。

宝　　地

“这里是祖宗先人留下来的黄金宝地！”

尽管我不喜欢用谦词“才疏学浅”作自我介绍，但我确实没有上过大学，没有什么学历和文凭，只好在工作生活中用心学习，查字典、翻辞海，成了我的习惯。在思考老城隍庙地区的问题时，我查阅了《辞海》，原来所谓“城隍”，《辞海》的解释是：“护城河”的“城”，原指挖土筑起的高墙；“隍”是指没有水的护墙壕。古时人们认为，与生活、生产安全密切相关的事物都有神灵护佑，于是“城”和“隍”被神化为城市的保护神，始称“城隍神”，有的地方又称“城隍老爷”。

上海城隍老爷中有位秦裕伯，是上海县闸港人，据传官至福建行省郎中，因母丧弃官守孝。明初朱元璋令其到南京，受翰林院待制，后卒于上海故乡，朱元璋追封其为上海县城隍正堂。又据传，著名电影演员秦怡是秦裕伯同祖同宗的后代人。

道教把城隍老爷纳入自己的神系，称它是剪除凶恶、保国护邦之神，并管领阴间亡魂，因而在民间形成了独特的城隍文化。老城隍庙有个落实宗教政策的问题，在全面综合开发中要谨慎处置，这是一个敏感问题。

至于豫园，更是闻名遐迩的江南名园，系全国重点文物保护单位。据传曾任四川布政使等官职的上海人潘允端，为“豫愉老亲”而建，故名豫园。园艺家张南阳设计了这个江南名园，亭台楼阁，叠石假山，以两千多吨武康石堆砌而成。玉玲珑乃奇峰异石，相传为宋徽宗所收罗的花石纲遗物，为江南三大名石之一，具有“皱、漏、瘦、透”四大特点……是上海市区独一无二的一颗璀璨明珠。市文管会委托区里管理，须臾马虎不得。豫园如何积极保护又充分发挥效能，从而带动地区繁荣发展，应该是区政府工作重点之一。

豫园地区历来小商小贩众多，个体经营者集中。记得我在统战部工作期间，曾经为推荐区政协委员候选人，想到是否有可能选一位个体经营者，为此到豫园街道和一些居委会调查研究，发现一位姓殷名金喜的个体户很有特点。他曾经走过一段弯路，受过处分，以后搞个体经营，他将劳教释放的青年吸收进来和自己一起工作，帮助他们创造就业条件或介绍他们就业，促使他们走上人生正确道路。

我和这位个体户交谈并到他家访问，他曾经失足却能走上正道，帮助带动劳教过的青年一起创业，值得鼓励与肯定。后来他当上了区第七届政协委员。事实证明，应该发挥各层次人员的积极作用，在豫园地区大力发展个体经济。

从前豫园地区多有茶楼书场，说书，唱“小热昏”，卖梨膏糖，看拉洋片……他们怎样适应新形势，如何推陈出新，使豫园地区成为富有海派文化传统特色的现代化旅游商业区，这又是一个新形势下面临的新问题。

在调查研究听取各方面意见的过程中，对这样的思路感到没有十分把握，打算听听各方意见后再作决定。

豫园地区的开发建设，我深感调动这一地区干部群众的积极性是关键。这里被认为是老祖宗留下来的黄金宝地，人流量大，“不愁没有顾客来，只怕生意忙不过来！”“我们这里的人均创利是全区最高的，对区财政收入的贡献是最大的！”诸如此类的自满保守思想，无形中阻碍了这块黄金宝地发挥更大的社会与经济效益。

从体制方面看，现有企业分属于多个上级公司，文物保护单位和商业旅游企业难以思想统一、步调一致，往往是各吹各的号，各走各的道，甚至发生矛盾冲突，相互制约，造成内耗。

显而易见，老城隍庙地区要彻底改观，产生应有的社会和经济效益，必须从所有制和体制、机制方面着手进行改革，区政府应该在调查研究的基础上拿出改革方案。于是，我和几位副区长及有关部门领导反复商量，力求尽快形成一个切实可行的方案，经过必不可少的程序审批后，立即付诸实行。

而在此之前，可否先建立一个豫园地区的联席会议制度，由区长或副区长主持，协调处理一些可以解决的急迫问题，我想就此听听各方意见，尔后再作决定。

解　　危

人民安居乐业，解决住房之危乃当务之急。

“文化大革命十年中，我们南市区没有建造过一平方米新的住房！”多次听到这样的话，我简直不敢相信自己的耳朵，但这确是不争的事实。老城厢的居民住房困难程度，令人难以想象，三代人同居一室者并不少见，一间斗室当中拉一块布帘相隔，父母住外间，里间当新房，新婚夫妻亲热小心翼翼，不敢有半点声响……更有甚者，至今仍旧生活在危房、简屋中的居民，寝食难安，急待解危。人民政府怎能不为人民排忧解难？

区城建办和住宅办的同志在分管副区长领导下，做了大量细致的调查研究工作，提出了既积极而又可行的意见与建议。

小南门街道引线弄都是旧屋危房，年久失修，也很难修缮了。居民们说，修修补补不如拆了重盖！

拆了重盖固然好，问题是这钱从哪里来？在街道和居委会听取群众意见时，大家七嘴八舌，众说纷纭，经过集思广益，提出了由住户自家出一点，所在工作单位资助一点，地方政府支持一点，形成了“三个一点”的解危方案，但这仅是议论中的构想，需要得到上级的认同，最好是能获得支持。

正在此时接到上级通知：时任上海市长要来南市区视察工作。我和我的同事喜出望外，立即和有关部门商量向市长汇报的内容，陪同市长视察的路线，大家一致认为，机会难得，安排陪市长去小南门街道察看市民居住危旧房的困难情况，重点汇报“三个一点”解决危房的方案。

南市区地处上海老城厢，当时还没有一幢像模像样的高楼大厦，除了龙门村等少量住房尚属较好外，其余几乎都是老房旧屋且年久难修，常有住房倒塌事件发生。“十年动乱”，全区确实没有造过一平方米的市民住房。

那天骄阳似火，柏油马路软乎乎的，我和副区长骑着自行车察看危房情况，有时下车推行，走街串巷察看，只见许多危房倾斜得随时会倒塌，大片倾斜的墙壁，有的用木头支撑着，有的随时有倒塌的可能，看了实在触目惊心。

深夜，电闪，雷鸣，风狂。

“哗啦——”一幢危楼倒塌了！

我从睡梦中惊醒，起身赶快去现场，开灯，下床，醒过神来才发觉原来是做梦。梦醒以后，心情沉重，烦愁不安，再难入睡。

这已不是第一次了。

每年一进入台风、潮汛期，千家万户都在为自己的住宅安全担心。上回台风过境时，区里的一幢危楼夜间轰然倒塌，房主老太太碰巧去苏州为老伴上坟，方幸免于难。邻居们于是口口相传，说这位老太太心好，命大，才幸免于难。但无神论者如我等，却不会因此减少由危房引起的焦虑担忧。这样的危房在全区为数不少，调查显示有 2.7 万多平方米！

一居民告诉我们，一位旅美华侨回沪探亲，眼见他在沪时居住的地区房屋陈旧不堪，危象惊人，不无抱怨地叹息说："哎，想不到 30 多年过去了，解放后的上海会是这样……"他的亲人说："这是历史的欠账，'十年浩劫'耽误了，'改革'和'开放'这两位先生有办法，很快就会还掉'历史造成的欠账'，你过两年再来看看吧。"

多好的老百姓啊！我们怎能让这位居民"失言"呢？

市长要来视察危房情况的通知一传来，我们都露出了喜悦的神色，忙着准备接待工作。

那天下午，市长一到，我向他简要地汇报了本区危房现状的调查情况，以及改造居民所住危房的一些设想。他认真地听着、记着、问着，仔细地看了采用"住户出资，单位帮助，政府支持”的办法，改造居民危房试点工程的设计图纸，饶有兴趣地向住宅办的王工程师询问了一些技术问题，尔后爽朗地表示：“下决心试这个点，各方面支持把它搞起来！”

我陪同市长驱车前往实地察看危房时暗自担心：群众纷纷向市长诉述困难会不会耽误时间？我提出，是否把车子开慢些，坐在车上看一看，最后下车看一个地方就行了，不料市长却说：“共产党的干部就是要深入实际接触群众嘛，下车看！”于是，市长走街串巷，亲自察看了一处处危房，还多次走进群众家中，同群众亲切而风趣地交谈：

“老太太，你在这里住几年了？”

“四十多年了。”

“这房子下雨天漏吗？”

“漏哦，下雨，急煞！刮风，吓煞！”

有位老人，正颤巍巍地欲上楼梯，市长赶快向前去扶，连声说：“当心！当心！”

这里，有个细节我有意省略了，那就是当市长走出小弄堂将要上车时，一位中年妇女突然跪在他面前，声泪俱下地哭诉自家住房如何困难。我见状连忙上前，一面扶起她，一面对她说：“市长工作很忙，我是区长，你有什么困难对我说，我一定负责处理，请你相信我。”说着，街道办事处负责人也过来劝说。这位女同志还是通情达理的，边揩眼泪边点点头地回去了。

为引线弄危房改造作出重要贡献的区住宅办的刘信才、王灿青同志，后来撰写了《引线弄试点的实践为成片危房改建闯出了新路子》一文，进行了详细总结，发表在《住宅科技》杂志上，并配市长一行视察引线弄的照片。

引线弄这个地名，不能因危房改造而改变或消失。老城厢内不少老路名、老地名，大都蕴含着历史记忆或人文故事，值得珍惜并尽可能给予保留，不能随意更改。

引线弄改造后的新工房，限于当时财力和经验，房屋标准低，设施条件差，难以复制推广，有待创造条件改建更好的住房。

协　　作

地区间协作取长补短互利双赢，是个新课题。

在中共中央委员、湖南省湘西土家族苗族自治州党委书记杨正午同志率领下，湘西自治州党政代表团一行 24 人应邀来我区访问。我以中共上海市南市区委副书记、南市区人民政府区长身份负责全程接待。

我国幅员辽阔，地区之间的差异很大，资源优势不同，开放程度不一，发展不平衡等现实情况，急需开展地区之间的友好合作，彼此优势互补，以利共同发展。据知这次湖南湘西和上海南市区的联系，是中央领导在湖南湘西报告上作了批示，上海市委市政府领导责成南市区予以促成落实的。

这次接待作了周密安排，陪同参观过程中介绍我区情况，协作项目洽谈前，互通情况交换意见，在充分准备的基础上，顺利地达成了两地之间友好合作的协议。

从和湖南湘西自治州的友好协作中受到启发，我们继而和江西省吉安地区、江苏省南京市秦淮区等地区先后建立开展经济交流和技术协作的关系，相互进行考察和洽谈，各有不同程度的进展。在这一过程中，与湖南湘西和南京秦淮区的相互合作，给我留下了难忘的印象。

湘西代表团参观考察了我区十余个工厂企业，交流了经验，洽谈了业务，上海益民制革厂、蓬莱皮塑公司与湘西吉首市制革厂谈成了联营项目。湘西为山区，盛产牛羊，皮革原料丰富；上海的皮革加工及其制品企业，在帮助对方建设皮革制品厂的同时，可以从那里购得所需要的牛皮、猪皮原料，双方互通有无，优势互补，互利双赢，对发展为长期合作的前景抱乐观态度。

此后地区间的经济技术协作发展很快，我区先后与江苏省南京市秦淮区、江西省吉安地区开展了经济技术交流协作，互相取长补短，对双方都有利有益。

为加强这方面的工作，我们在区计划经济委员会内设了“协作办公室”，有专人负责这方面工作。杨正午同志率团来访，就是由区协作办负责接待和安排参观考察，洽谈成功了一批经济技术协作项目。如为支援豫园修建，他们提供水泥60吨，优质杉木木料60立方米。

说到60立方米优质杉木，不能不特别谈到陈从周先生主持的豫园修建工作。

豫园在修复中如何保持原来的风格和品质？不但外表

要修旧如旧，内在质量也不容降低，要做到这两点，必须在各个细部严格把关。

同济大学陈从周教授是闻名遐迩的建筑学家，他对豫园的建筑喜爱有加，一听到古建筑遭受损坏就深恶痛绝，听说要进行修缮，他再三强调要修旧如旧。他欣然同意受聘为豫园整体修缮工程顾问，全力以赴，全神贯注。就拿临水走廊立柱来说，他不用水泥柱，坚持必须是木柱，而且必须是上下一样粗的优质杉木。

这样规格的优质杉木到哪儿去找?

湖南湘西是山区,产木材。一问,说有。原木,在大山上,可上下一样粗的规格很难得,要不上海派人去,和当地内行人一起上山寻找,一棵棵地量粗细长短,选到适合的,当场伐了抬下山。

后来真这样做了。真可谓一木一柱，来之不易；湘江浦江，汇流真情，见证了民族友谊和地区协作的好处。

我有幸结识陈从周这位个性鲜明、学富五车的建筑专家，拜读他的著作，珍藏他的题赠。记得我到先生府上拜访，听他直言不讳，侃侃而谈，获赠他的新作，读来得益匪浅，我和先生的如水之交，说来话长。

此后，每当我来到豫园，漫步在临水回廊时，手抚笔直的全木廊柱，不免思绪绵延，感慨系之，禁不住要向陈从周教授的在天之灵鞠躬致敬！向所有为保护老城厢以及豫园古建筑尽职尽责的人们，表示由衷的感谢！

乡　　情

乡情、亲情、爱情，人之常情，都弥足珍贵。

说到地区之间的经济技术协作，我对和南京市秦淮区政府的交往，有种难以言喻的感情，这显然是因为，我们南市区有闻名遐迩的老城隍庙，南京秦淮区则是世界闻名的夫子庙所在地，如今都在进行旅游区开发建设，有共同的特点和需要探讨的课题，相互交流和合作很有必要，并有望互助互利达到双赢。

不言而喻，因为我是南京人，曾在雨花路、升州路的两家商店先后当过学徒，自有一份难舍的怀念之情，对和南京秦淮区政府结对交流更有一种难以言喻的感情。我生在离南京城只有 30 公里的湖熟镇前三岗村，童年留下的记忆终生难忘，尤其是我 13 岁时，离家来到南京雨花路扫帚巷口的萃福五洋号当学徒，被车撞伤的不幸遭遇刻骨铭心——因工受伤反遭解职，只能忍气吞声。内心的这些个人思绪，工作中我丝毫未曾流露，以致交往甚密的同事们也并不知晓。

思故乡，想亲人，对我这个游子来说，是自然而然的一种潜在情感。我思念生我养我、疼我爱我，为我牵肠挂肚、伤心落泪的母亲，她遭罪受苦、操心劳神了一辈子，刚迎来了祖国天空扫去阴霾、阳光普照的好日子，来到上海儿子家没住上几天就要回家，而且态度坚决。兴许是因为牵挂在乡下的小儿子，或许是在上海生活不习惯，儿辈们待她不够好，总之一切挽留劝说都没有效果，商量后，只好由我大哥送她老人家回到家乡去了。

万万想不到的是，她回乡不久电报就传来了噩耗：母亲因突发急病，倒在为儿子送饭的田埂上，医治不及，离世而去。

接到电报，我不敢相信这是真的，立即请假，带领全家大小赶回家乡，为我母亲不幸去世奔丧。

一走进家门，我就看到了灵柩，禁不住泪如泉涌，跪在母亲灵柩前磕头，泣不成声，心如刀绞，想到自己没有尽孝，怎能不伤心落泪，痛悔莫及！

在料理母亲丧事时，我回想起 1958 年为父亲去世回乡奔丧的情景，当时正是“三年困难”时期……眼下的情况好起来了，与以往不可同日而语。改革开放以来，家乡开始变样，乡亲们的日子好过多了，都说这是党的十一届三中全会确立的正确路线带来的。

此后有机会去南京开会，我便抽空回家乡去看看，到祖宗先人的坟上磕个头。有次在南京秦淮区开会，报人兼诗人的萧丁同志也在南京开会，他视我如小弟，得知我利用会议休息时间回湖熟镇前三岗村，提出要和我一起去，我欣然欢迎。两人一起来到前三岗村，走进我胞弟伦正的家，毫无拘束地聊家常。他还和我一起来到坟山上，看着我跪在祖父母、父母亲坟前，表达一个后代子孙对祖宗先人的尊仰与怀念之情。

我曾受聘为南京市人民政府顾问，应邀到南京市人民政府参加咨询会议并参观考察，为发展南京的经济建设和推介旅游事业尽绵薄之力。尤为难忘的一次是由南京市一位副市长和江宁县县长陪同，在湖熟镇参观考察后共进晚餐。湖熟的板鸭闻名遐迩，心想今天可以享用纯真家乡风味的板鸭了。超乎我预想的是那晚品尝到了“全鸭席”，这是我过去仅有耳闻而从未尝到过的，令我这个板鸭之乡的游子，和胞弟伦正一起大饱口福，回味无穷。

上海市区黄浦江上第一桥——南浦大桥建成通车后，成为南市区乃至上海市的参观热点。南京市尤其是该市的江宁区、秦淮区的同志先后前来参观，无不为改革开放以来上海日新月异的变化而喜形于色，在这雄伟大桥上流连忘返，他们感慨良多。以此为契机，上海与南京两地之间的交流和合作趋于频繁，此乃后话。

然而，多少年过去了，我一直没能为家乡多做点应该做的实事而心存愧疚。

苦　果

苦果宜吞不宜嚼，更不要去无休止地回味。

有位来客，其实并不是客人，而是曾经比较熟悉的往日同事。年轻时我们在一个机关大楼里上班，虽不在同一个部门，但进出同一扇大门，在同一个食堂用餐，有时还一起聊聊天，算得上是比较接近的同事吧。后来分道扬镳了，再后来音讯全无，他突然登门造访，我理应热情接待。

印象中他比我稍大几岁，经历、阅历也比我丰富。人之常情，久别重逢的喜悦自不待言。记忆中他也曾是一位青年团干部，活泼开朗中多几分机智幽默，爱说笑话但不乏含蓄，只是很长一段时间未见，他显得过于苍老且有些憔悴。

交谈中，他神情欠安，有些抑郁。他自我介绍说，“右派”问题“改正”了，工作恢复了——重新回到上海后安排了工作，可他总摆脱不了对往昔生活的追问和纠葛。

屈膝交谈，我竭力把话题引向当下，展望未来，很想同他谈点双方都开心的事情，哪怕开个玩笑、说点闲话，或来点逸闻趣事也好。可惜我的努力毫无作用，他的脸一直板着，不曾绽放过一丝笑容，时不时还情不自禁地长吁短叹。

我对他说了掏心窝的真情话：我们的同事中，一个年轻又聪明能干的人，一时想不开投井自尽了，原因就是一直细嚼苦果，越嚼越感到苦得不堪忍受，走上了不归路。

这位朋友长叹了一声，又苦笑了一下，似有难言之隐。我继续由衷地说："我们应该感到幸运，能在有生之年亲身感受拨乱反正，亲眼看到祖国的光明前景，体会到党的十一届三中全会以来的正确路线，亲身感受到拨乱反正政策的实惠，在为祖国振兴走向繁荣富强的伟大实践中，有望和亿万同胞一起过上安稳富足的好日子，这正是当年我们所追求的呀！"

对我的这番话，他似听非听，尔后摇了摇头，反应并不是我所期待的那样认同，显然他还沉潜在自己的思绪之中，没能走出来。我曾想将英国作家阿兰·德·波顿说过的一句话"更伟大的智慧，存在于丰富的不幸之中"转赠给他，看来不甚适合，于是便没有提起。

这次见面，给我留下的不仅是对他的牵挂，更有如何对待过去的不幸遭遇问题，说白了是如何对待曾经吞食的苦果。

由于我缺乏经验，主持区政府工作以来又繁忙，虽时时惦记着这位同志，也曾想抽空去看看他，却一直未能如愿。由他而联想到，人生之旅，苦果难免，苦果难咽，细嚼更难忍受，在无法吐出苦果的情况下，倒不如一口吞进，吞下肚子里去，尽快把它消化、排泄掉，千万不要老是含在嘴里，慢慢地长久地感受它的苦味！

这只是一种比喻，而比喻往往是蹩脚的，真心希望这位同志能不再老是细嚼慢咽那陈年苦果。

利　害

水之利害这对矛盾的转化，政府部门应有作为。

入夏以来，天气晴朗，间或有些阴雨，排水问题还不大。忽然连续下起了瓢泼似的大雨，老城厢的一些大街小巷积水渐深，尤其文庙一带和半淞园地区，排水系统不畅，地势低处积水严重，有的地方水深盈尺，不少居民家中进了水，不得不采用应急措施，如门口用木板挡水，用面盆朝门外舀水。

遇到这类情况，区委区政府的同志最担心的是因积水使危险房屋倒塌。事关人民生命财产安全，对防汛工作丝毫不敢松懈。在这方面尤其是几位副区长，经验丰富，认真负责，一到汛期没日没夜地忙碌在大街小巷。这天一早，他们又冒雨到居民区去了。

区防汛指挥部从年初就会同房管局和各街道办事处，对 34 390 幢共 587 万平方米公房，普遍进行查漏筑漏、查险抢险工作，查出了危险点 151 处。对险情突出的私房，明确了解决的具体措施，并对落实情况进行检查。全区组织了以基干民兵为主的800人的抢险队，以区卫生局为主的150人的医疗救护队，由区公安分局抽调40名干警组成的治安机动队。

当我来到积水严重的张家宅地区时，马路简直就像小河，穿的高筒胶鞋也进了水，挪动脚步都很费劲。居民家中大都进了水，有的用木板之类在门槛处“筑坝”挡水，实在挡不住，只好用面盆将家里的积水向门外舀。

“同志，不要急，消防车开来投入排水了，积水很快就会退了，您老别急！”见一位花白头发的老人，用面盆将家里积水往外泼，累得满头大汗，我想安慰他一下，可口气中也掩饰不住地流露出一种焦虑情绪：调动消防车为居民排除积水，能及时有效吗？

“李区长，消防车抽水排涝没多大作用，只能从这条马路抽了水，排到另一条马路去；黄浦江水位高，排水泵站排水量有限，积水短时间内退不了。消防车抽水，只能对市民心理起安慰作用。”随行的一位上了点年纪的同志轻声对我说。

“这……怎么讲？请你详细告诉我！”

“泵站排水能力有限，总排水系统流量有限，不能将积水即时排出去，居民家的积水哪能退得了？”他朝我望了一眼，见我是诚恳的，毫不犹豫地对我详说了事情的来龙去脉。

我对这位同志实话实说表示感谢。看来，应该对此进行专题深入调研，提出根本解决的方案，不能年年被动应付！

当我来到文庙地区，积水更为严重，有的马路水已深过膝，令人心焦如焚。文庙是重点文物保护单位，周边建筑也都久经沧桑，且人口密度高，千万不能出事。这时雨虽已暂停，积水却不见减退，这是怎么回事？我问随行的同志。

“喏，李区长你看，这是从堵塞的下水道里捞起来的砖头！”他说着，将手里黑乎乎的一块砖头，轻轻一掰，断成了两半。他一面递给我看一面皱紧眉头说：“用这些砖头砌的下水道，又狭又小，排水不畅且不去说它，你看这砖头，埋在地下、浸在水里泡了百把年了，松软得像豆腐渣，下水道能不塌陷？能不堵塞？”眉头一拧，他又说：“老城厢的下水道太老了，必须彻底改造才行呀！”

啊，老城厢的这个“老”字，实在是太耐人寻味了！

看来，我们既不能靠天也不能怨天，只能着眼于人，事在人为，人民政府的干部不能不作为。

为了解决积水、排水问题，区政府启动了“应急工程项目”，在浦西、浦东各新建一座排水泵站。

但直到后来建设了南浦大桥，拓宽了陆家浜路和中山南路，施工过程中在地下铺设了大口径排水管道，老城厢的积水问题才得到了根本解决，这是后话。

老　　城

贵在一个老字，也难在一个老字，如何对待老？

在周长九华里的环城圆路内，历史遗存丰富而珍贵，闻名遐迩的豫园、老城隍庙、徐光启故居九间楼、书隐楼、大境阁……是上海历史文化精华所在地，从上海村到设上海镇，迅速发展成为上海县，遗址古迹大都在老城厢地区，所以人们因而公认南市是上海城市之根，富有丰厚的历史文化蕴涵，应视为不可复制的珍宝，值得悉心爱护与充分重视。

我对上海老城厢有着难以言喻的深厚情感。曾经工作生活在小北门人民路上的一幢石库门房子里，后来进机关工作，在新开河的厚德大楼上班，宿舍也在近在咫尺的人民路上。这里能听到黄浦江上过往船只的汽笛声，外滩海关大楼的钟声，如站在屋顶露台上，能看到穿梭往来的各种船舶，“国庆”“五一”等节庆大游行，口号声欢呼声似乎就在耳畔回响，这一切都令人难忘。

我爱上海！我爱南市老城厢！保护老城厢文物古迹责无旁贷，义不容辞！

我倍感幸运的是遇上了这么好的一个历史时期，拨乱反正了，改革开放了，以经济建设为中心，重视与关心人民群众的生活，这合民心，也合我意。我很自然地想到，自己应该加倍地努力工作！

我私下里设想，对以豫园、老城隍庙为核心的环城以内地区，作为规划的重点保护性开发范围，外观风貌可基本不作大的改变，内涵设施则适当改建更新，以保持上海这座沿海新兴城市的历史文化特色，成为富有魅力的国际旅游文化中心与小吃购物中心。高层建筑按规划有序地在浦东地区逐步建设，成为现代化的新兴城区，接纳从老城厢迁来的工厂企业和居民家庭，使浦江两岸相辅相成，相互辉映。

这仅是我个人不成熟的想法，除和个别同志非正式交谈并听取意见，尚未作为工作思路正式提出来。一个不够成熟的想法，提出来也难以得到各方面认同，更是不可能付诸实施的。尽管如此，在实际工作中我还是力求有所体现。如和分管副区长商量工作时，我建议他考虑在环城即中华路人民路沿线，建设几个公共交通候车亭，使乘客们在候车时有座位能遮阳、挡风雨。

文庙牌楼

这一提议得到了分管副区长的赞同，他认为这既有必要又有可能，在全市属率先为民服务的举措，积极负责地落实了这个项目。事情虽小，花钱也不多，却得到了市民的赞扬。

我还和分管副区长、有关部门及街道的同志商量，可否在环城圆路上的老北门、老西门等处，建造富有中国特色和上海特点的牌楼，首先在豫园的丽水路口和文庙的文庙路口，各建一座富有海派文化风格的牌楼。这一设想虽说可行，但资金等方面却碰到了问题。

过程不必细述。与豫园旅游区和文庙相匹配的两座牌楼，几经协调终于建成。丽水路口的牌楼高 13 米，宽 13.8 米，两柱三顶，外覆金山石料，蓝底，匾额上一面写“古邑新辉”，这四个字是当时的区文化局副局长顾延培同志请书法家徐伯清用瘦金体书写；另一面写“豫悦佳宾”，显得既雄伟又朴素，富有历史文化内涵（可惜后来不知谁的主意，将面对人民路的“豫悦佳宾”四个字凿掉了，换上了企业招牌，实在令人遗憾）。

说到这座牌楼的建设，我由衷地感谢区四套班子的领导一致支持和各有关部门同志的齐心协力，感激市区有关单位特别是几家市属工厂企业，如上钢三厂、章华毛纺厂、上海港口机械厂等资金支持，他们慷慨解囊，大力支持，共资助人民币 20 余万元，在当时这笔钱可不是个小数目。

城隍庙（丽水路）牌楼

本想在牌楼建造时选择适当位置刻石碑鸣谢，因此举尚无先例，未能实现。转而悄无声息地做了一个焊接封闭的铁盒子，里面放了一本写有这些单位出资情况的小本子，施工时埋在了牌楼旁的地下。

这至今仍是不曾公开的秘密，当事者在一起戏说此举时，忍俊不禁地笑道：这地下埋的铁盒子，不知哪天被人挖出来，那时可就成为“出土文物”了！

此后，每当来到丽水路口时，面对牌楼我会驻足，凝神仰望一番，往事又历历在目，心中默默地感谢所有支持、帮助过我工作的单位和同志！

浦　　东

一江之隔的浦东浦西，是上海的特点，也是优势。

“宁要浦西一张床，不要浦东一幢房”，是当年上海人耳熟能详的口头语。一江之隔的浦东浦西，南市区都占有一定比例的面积，大部分浦西地区为上海老城厢，浦东有四个街道的成片地区（塘桥、南码头、周家渡、上钢新村，任期内又有杨思镇划入）。这一地理位置的优势十分明显，浦东浦西便于东西联动，两岸并举，优势互补，共同发展，可建设成为具有历史和人文精华相得益彰的现代化地区，为上海的繁荣发展作出应有的贡献。

我对浦东同样是有感情的。1958 年 3 月初下放浦东劳动时，那时还叫浦东县，在六里人民公社六北生产队刘队长家吃住。后来大办食堂，移住至社员王小妹家，吃在食堂。这期间，我和同样情况的老孙一起，每天早上先为食堂挑满两大缸水，再和大田班社员们一起出工。值得一提的是，到姚家宅前的小河里挑来的水，放一点明矾，就可以食用，煮饭烧菜用的都是这缸里的水，可见水质污染是以后才有的事。

记得有天夜里下大雨，姚家宅前面的小河水位陡涨，河中生产队的一条小船缆绳脱开，被潮水冲得不知去向。生产队的领导叫我与同样戴着无形“帽子”的老孙一起去寻找。

我们两人沿着小河的水流方向，找了整整一天不见踪影。生产队领导让我俩第二天继续再找，结果还是失望而回。一连找了三天，几乎走遍了当时的浦东县、南汇县和奉贤县，直到黄浦江滨海处，为时三天的这次寻船，使我和老孙的行踪可说是跑遍了浦东这块等待开发的神奇土地。

较之于浦西，浦东之所以不被上海人喜欢，主要在于过江困难。从前上海人靠划小舢板，后来靠轮渡船，十分不便，受天气影响，有时还难免会出事故。这严重制约了浦江两岸的往来，“过江难”的难题如何破解？

浦东开发开放，是几代上海人的梦想。

南市区人民是幸运的，浦西、浦东都有大块土地，两岸隔江相望，可以优势互补，相得益彰，关键看区政府如何作为？！我骑着自行车在浦东兜圈子，东张西望，心情难以言表。

呈现在我面前的仍然是当年的情景，几乎没什么变化，可谓面貌依旧，但我信心满怀。“十年动乱”过去了，拨乱反正继而改革开放，横跨黄浦江的大桥有望开工建设了，首座大桥就建在南市区范围内的南码头地区。

浦东这块神奇的土地，旧貌换新颜的日子，不远了！

“天　　堂”

图书馆？漏水馆？这两个问号一直在追问着我！

南市区老城厢的方浜中路上，有一条不起眼的小弄堂，南市区图书馆就在弄堂内，苍老而破旧。

重回上海后，我先在区政府文化科工作，到下属各单位走走，最先去的是区图书馆。时隔 20 多年，再见这座图书馆，何止是面貌依旧，而是更老更破旧了，几近成了座危房。馆长面带愁容地对我说：“下雨天，到处滴滴答答地漏水，全馆工作人员忙着用面盆、铅桶接漏雨，用一切能遮挡的东西遮盖图书，还是有不少书被淋湿，看到这些珍贵的书受潮泛黄变脆，心痛啊！图书馆成了漏水馆，怎么办啊？”说着她手拿泛黄发脆的图书给我看，馆员们也都围过来，反映图书遭受严重损坏的情景。

这情景一直映现在我的脑海上，深夜尤为清晰，无法安静入眠。我忽地心血来潮，情不自禁地起身奋笔，写了篇小文章《图书馆？漏水馆？》寄给了《解放日报》，很快在“解放论坛”专栏刊出。

不久我成了区长，“漏水馆”的区图书馆还要继续漏下去吗？自然我不能安心睡觉，不能熟视无睹，更不会推卸责任，但我能怎么办？区里不是一级财政，钱从哪里来？为建牌楼向市级企业“化缘”，总不能再去伸手要赞助吧？况且造一座图书馆要几百上千万，不能再向企业伸这个手了！无论如何不能让图书馆继续成为漏水馆，在我任期内，哪怕砸锅卖铁也要造一座新图书馆！

我又失眠了，朦胧中耳畔响起既熟悉又有些陌生的声音：“天堂是什么模样？天堂应是图书馆的模样。”什么声音？谁的名言？惊醒，尔后沉思默想，噢，记起来了，是阿根廷一位著名作家讲的，他叫博尔赫斯，他的这句自问自答式名言，给我很深的印象，摘录在我的笔记本上。我和图书馆有不解之缘，我去得最多的地方就是图书馆，我最喜欢的书也不得已“转让”藏在图书馆了。读书使我开阔了眼界，滋润了心田，有助于我认识纷繁的世界和多变的人生，我有责任使“漏水馆”改变面貌，否则我会寝食难安，无颜见江东父老！

我和我的同事们商量造图书馆的事，立项、选址、规模、结构、风格……别的都还好办，最头痛的是资金，钱从哪儿来？

南市區图書館

汪道涵

南市区图书馆，汪道涵题

区城建办、财政局、文化局等有关部门，对造图书馆都有很高的自觉性与积极性，我非常感谢他们对区政府工作的理解和支持。

好事多磨。当我们将拟建区图书馆的立项申请报到市某个局，经办的同志回来对我说：某局的经办人说，现在楼堂馆所一律不批！我一听这话就火冒三丈：“我要请这位官僚到区图书馆现场看看，听听工作人员的意见和读者们的呼声，并当面问问他：‘什么是楼堂馆所？不批准自筹资金造图书馆理由何在？’”

我这话一说，不知怎么传开了，人还没去市里，某局的那位同志立即改口，说南市区造区图书馆项目可以批准了。

立项批准后，筹建工作开始启动。我想，新图书馆指日可待，可否请汪道涵老市长题写馆名呢？

一次开会，我当面向汪市长简要汇报了南市区图书馆的筹建情况，提出了请他题写馆名的要求，他当即高兴地答应了，还说了一番鼓励我们的话。

没过几天，汪市长秘书打来电话说，汪市长已经为我们写好了南市区图书馆馆名。

生活中总难免有喜有忧，就在这时的一天晚上我接到电话，报告说图书馆施工现场出现意想不到的问题，在挖基坑时发现了地下阴河与淤泥层，怎么办？

有关部门的负责同志急忙赶到工地，召开现场会议，大家七嘴八舌的议论了一番，经反复商量决定继续施工，全部挖去阴河的淤泥，加大加长基桩，要在绝对保证工程质量和施工安全的前提下，建成这座好事多磨的图书馆。

我的脑海里映现出这样一幅画面：这天早上，我上班经过车站路报刊门市部，按习惯走进去随便看看，走出门时听到两位带着包裹的母亲的交谈，显然她们是在等候上海市第一看守所开门，为关在里面的孩子送衣物，两人愁容满面的轻声细语，大意如下的对话，留给我特深的印象。

“哎，我儿子不肯好好读书，图书馆就在附近却从没进去过，成天在外面鬼混，能不出问题被抓进去吗？”

“是啊，我家也住在图书馆旁边，我对小赤佬念经似地不知讲过多少次，你不好好读书，成天在外面胡闹瞎混，不进看守所才怪呢，哪想到真被我讲中了！”

我联想到在上海市人民滑稽剧团任职期间，一次和王汝刚等演员一起去市少教所，为“缺萼的花朵”们文艺演出，我特意带去了书籍、铅笔、练习簿送给孩子们，我对他们说：“你们来日方长，就像擦去铅笔写的字一样，可以重新写下新的篇章！”

这是我的一点真实心意。

记得不久前，我们作过一项专题调查，结果显示：某个地处所谓“下只角”的街道，居民中大学及其以上学历的人，和从事教育、医务等工作的居民人数较少，而在押在劳改、劳教的犯罪者却偏多；另一个地处所谓“上只角”的街道，居民中的读书情况、文化程度和职业，与上述街道恰好相反。

这一对比数据令人深思。当然也不是说，爱读书就绝对不会犯罪，不读书就一定容易犯罪。

联系这些无可辩驳的事实，使我耳畔又响起——“天堂是什么模样？”“天堂应是图书馆的模样。”

这句名言，促使我坚定了造个图书馆的决心，困难再大也不改变初衷。我要以实际行动热切地吁请人们：爱读书，读好书，多读书！

甲　　肝

流行病突发，政府工作和公务人员经受考验。

甲型肝炎病的突然爆发和迅速蔓延，令群众有些惶恐不安，也使医疗单位领导和医务人员措手不及，而我则更是万分焦急。群众安危是大事，人民政府责无旁贷，刻不容缓。

医务工作者日夜奋战在第一线，区属上海市第二人民医院紧急开设两个甲肝病人隔离病室，收治甲肝患者 500 人，我向该院郁院长表示由衷的感谢，并请她转达对全院同志的慰问。

据说这是毛蚶惹的祸，食用后发病很快流行开来。各地段医院也尽量收治病人，但仍不能满足隔离和治疗之需。经紧急开会研究，我们毅然决定将区政府大礼堂消毒后作临时收治点，另准备几所中学必要时也用作收治甲肝患者，每个收治点都必须有医务人员值班。

这天下午开了个短会，我决定到收治点实地察看，和几位各司其职的负责同志一起出发。

看望感染甲肝病毒的患者，虽然内心甚为焦虑，却不得不面带微笑向他们好言安慰，表示政府一定会竭尽全力做好医疗和防范工作。病人们尽管病魔缠身，但大都比较安静，理智地配合医生治疗，有的对区政府即时处置还表示感谢。当我们走进区政府大礼堂临时收治点时，不知随行的谁说了声“区长来看大家了”。

就在此时，有位男子突然跑过来将我抱紧，凑上嘴唇来吻我，并说：“我让你也生这个病！”

这太出人意料了，随行的同志连忙将这位男子拉开。病人们纷纷批评这位男子：“你怎么可以这样？太缺德了！”言词相当严厉。

我忙大声说：“没事，没事！他的做法不可取，他的心情可以理解。我们团结一心，战胜甲肝流行要紧！”这个小插曲就这样过去了。

我们一行继续去下一个甲肝患者收治点看望，但不再介绍说“区长来看望大家了”。

过了几天，谢丽娟副市长要来区里检查甲肝流行和病人收治情况，我汇报本区情况，副区长汇报做了哪些必要的准备，采取了哪些措施，没有发生不该发生的现象。

谢副市长是医务界行家，亲自到收治点视察并听取汇报，在对应急防治工作给予肯定的同时，指出了存在的薄弱环节，特别提出要管好菜场，严禁贩卖毛蚶。

那是 1988 年 2 月 16 日晚上，在上海展览中心友谊会堂举行上海人民春节联欢晚会，气氛显得特别隆重而严肃，人们抑制不住地流露出一种理性的欢愉情绪，眉目传情地交换着一个振奋人心的消息：今晚小平同志要来这里和大家一起共迎新春！

我静静地期待着，心情有些激动，这是我第一次亲眼见到邓小平同志！当时我身为南市区区长，正在参与南浦大桥建设前期工作和上海发展规划讨论，自然联想到在中国共产党第十一届三中全会路线指引下，国家发生的变化，取得的成就；想到邓小平同志在历史性伟大转折中所起的决定性作用，以及对上海特别是浦东开发开放所起的关键性作用，他还一次次和上海人民共度新春佳节……

正当我在这么想着的时候，随着热烈的掌声响起，小平同志从门口健步走来，老人慈祥地微笑着，时而鼓掌，时而挥手，亲切地和在场的同志颔首致意，显得和蔼而自然。当小平同志从我面前经过时，我很想和他握手表达敬意，但因甲肝流行，仅以掌声代之了。

小平同志兴致勃勃地和大家一起观看文艺演出，台上载歌载舞，台下掌声连连。我看到小平同志总是面带笑容不时为演员们的精彩表演鼓掌，他对京剧折子戏似乎尤为喜欢，看得聚精会神。演出结束，他高兴地走上台去。因为当时上海正在流行甲型肝炎，有关方面通知不要握手，如小平同志上台向演员表示慰问，以鼓掌致意。但小平同志走上舞台后，却情不自禁地和演员们一一握手，当时的情景，至今仍历历如在眼前。

此后不久，在全市人民齐心协力的防治中，流行一时的甲型肝炎病很快销声匿迹了，但因此增强的保健意识和卫生习惯还要继续坚持加强，禁止毛蚶销售和食用的政策还要继续执行。

这次甲型肝炎病流行的教训，值得每个上海人记取。

牢　　骚

情不自禁的真心话，虽不中听却也有可取之处。

我收到的群众来信中，关于改善居住条件的占了绝大多数。房屋年久失修，一下雨房屋就漏，不少地段的家家户户还在用马桶和煤球炉。

每天清晨，粪车的车轮声伴着“拎出来呐”的叫唤声，是大上海每天天将亮时必奏的晨曲，此曲还要年复一年奏下去吗?

此曲刚奏过，阿姨姆妈们就忙着生煤球炉，准备做早饭，废纸和柴爿作引火，煤球或煤饼作燃料，做菜烧饭全靠煤球炉，这可谓是上海滩当年的一道独特风景。

身为男子汉，我也免不了生过煤炉，拎过马桶，当然只是偶尔为之，故深有体会。

如今已是改革开放新时期，南市区老城厢的居民什么时候才能告别煤球炉？结束那拎着马桶、边扣衣扣边跑着去倒马桶的日子呢？

作为区长，我无法不想这样的问题，焦虑不安却又不知怎么办？

难道以无能为力而原谅自己？以无所作为而心安理得？我做不到，也不想这样做！

我请有关部门作了专题调查，全区共有马桶和煤球炉的用户数是多少，一调查，数量大得惊人！我很遗憾，离开区长岗位时没有把这些数据资料带在身边，以致无法记起具体数字，去档案馆查过，也没查到。但我记得这是两个不小的数字：几十万只马桶和几十万只煤球炉！当时困扰着我，一时不知怎么办？

记得我去找李龙龄同志，他是市煤气公司经理，开人民代表大会时认识的，比较谈得来，相信他会帮我想办法。他果然不负我所望，给我支招：从实际出发，量力而行，先建液化气供应站，让有条件的居民家庭先用液化气，不再用煤球炉。

这是个好主意，切实可行！

由此受到启发，联想到倒马桶问题，也可以先建倒粪站，居民随时可以去倒马桶，不必每天清晨一听到粪车来了，就手忙脚乱地拎着马桶赶快出门，有的从三层楼、亭子间拎个马桶赶出来，一不小心还会跌了跤……这情形绝对不能再继续下去了。

为此，区政府经过多次商量，决定由区相关职能部门作可行性专题研究，分别制订建造液化气站、公共厕所和倒粪站的方案，报请市有关部门审核批准后施工。

意外的是，方案报上去后，久久不见批复，既不批准也不退回，令人干着急。区相关部门的同志去市里有关领导机关询问，回答说要研究研究。过些日子再去询问，还是说要研究研究。

在这期间，各区区长之间的交流和探讨比较频繁，我曾经请兄弟区的区长来为区政府系统的干部们作报告，交流区政工作，共同探讨问题，活跃气氛，开拓思路。我也曾应邀到兄弟区去给区政府系统的干部们作交流发言。

在一次区长碰头会时，我谈到区里想为人民群众办点实事，因没有决定权、缺少经费而无能为力，只好干着急，而一旦发生问题，区里却首当其冲，有不可推卸的责任。“这区长，真不是人干的活！”

没想到这句脱口而出，有点牢骚意味的话，很快在市、区政府范围内传开了。

我接到同事和亲友的电话，问及是否说过上述那样一句话，我如实告诉他们：确有此事，是我有感而发，即兴所言。区里想为老百姓做点实事好事，怎么那么难？即使我们表示出了问题由区里承担责任，往往也得不到及时批准，等真的出了什么问题，却又要区里处理，甚至追究区里责任，左右为难。所以我随口说了那句话“这区长，真不是人干的活！”

我感谢对我关心、为我担心的同志和亲友们。

这不能不引发我的进一步深思。我说的是有感而发的大实话，可以有多种多样的理解，既可以认为这是为老百姓的困难而着急，说了一句大实话，可以理解和谅解；也可以认为是发牢骚讲怪话，影响不好，应受批评甚或处分。如果……被认为是什么严重问题的话，就更说不清了。

说实话，当时自己就没有一点后悔、没有一点后怕吗？历史上我可是个经历过坎坷的人，走到今天这一步实属不易，为什么年近花甲了还不安分守己，口无遮拦，出口说这么一句容易被人当作发牢骚的话？这会给领导留下怎样的印象？他们对此会怎么看？

哎，我马上对自己不满起来。何必多虑？现在不同以往了，再也不会像以前那样，永远不会了！思前想后，我想到“性格决定命运”，想到“祸从口出”，还想到了许许多多……

没过多久，在一次市政府召开的会议上，市政府主要领导讲话中明确谈到，区政府作为一级政府应该具有相应的职权，市里正在研究给区政府下放事权……

啊，要给区政府放权了！

区政府承上启下，贴近基层，接近群众。与此同时，区政府也要向街道（镇）下放事权，职责分明，以便更好地为群众服务。

市政府领导还说，要让每位区长都成为小市长！上海十几个区长就都是小市长！这对每一个身为区长者，责任更重，要求更高，对此必须全面正确地理解！就我来说，直觉是今后区长们要担当更多、更重的责任了！

真是今非昔比。我上述那句牢骚意味的话讲过后，对我没有任何负面影响，和各区区长一样，我感到肩上的担子更重，工作劲头更足了。

几经周折，建液化气站和倒粪站的工作终于有眉目了，这正是“下放事权”带来的巨大变化。

角　色

社会舞台上，每人都自觉不自觉地是一个角色。

我在泰昌永五金工场做工时，弄堂斜对面有个中华大戏院，说是大戏院其实不算大，经常上演大戏。有一回演绍剧连台本戏《狸猫换太子》，因为这家五金工场工友全都是绍兴人，大伙去看家乡戏，我这唯一不是绍兴人的小南京也跟着一起去看。晚上看戏，白天谈戏，记忆没错的话，大约连演五场大戏，我们场场必看，个别师傅同一场戏竟连看两回。

戏如人生。演的虽说是古装戏，好人坏人、好好坏坏、不好不坏的人物，个个表演得淋漓尽致，看后成了工友们谈论甚至争论的内容，互相各抒己见，热闹异常，至今想起仍觉回味无穷。

我喜欢看京戏，时而还学着哼几句。演在戏台上，出在人世间。看戏其实是看人，戏里各种各样的人物，社会大舞台上都能找到他们的影子。忠奸善恶，好汉坏蛋，人们的眼里是好歹分明！

也许就是这样看戏看上了瘾，我后来也跑腔走调地学唱几句，学老生唱腔，如《空城计》《甘露寺》里的唱段。

戏里的正面形象、英雄典型、善良角色，受人敬仰，讨人喜欢；奸诈卑鄙的遭人辱骂，被人唾弃，社会生活中的人也大体是如此。英雄人物、劳动模范、正派好人，是倍受群众尊敬的对象。

春节临近，区政府会同区总工会举行了劳动模范先进生产者迎春茶话会，参加的有在平凡岗位上做出不平凡成绩的优秀教师、码头装卸工人、商店的营业员、环卫所清洁女工和医院护士……他们相互交流经验和心得体会，事迹生动感人。

我代表区政府发言，表示对他们的敬意，要大家向先进模范人物学习。

区领导班子成员还分头走访部分有代表性的先进模范人物。我拜访的是地处南码头一个装卸区的劳动模范包起帆。这里是船运煤炭卸货码头，江边岸上堆着一座座煤的小山，卷扬机传送带把船舱里的煤送上岸，正在上班的包起帆给我留下的第一印象是满脸煤灰，黑乎乎的，两只大眼睛忽闪着，富有青春朝气。另外还去了十六铺客运站，慰问以“小扁担精神”为旅客热情服务的劳动模范杨怀远。

与包起帆（中）、许平（右）在签名售书活动上

这些劳动模范是社会大舞台上形象最美好最光荣的角色，他们理当受人尊敬，值得学习。在和包起帆、杨怀远等劳动模范的交往过程中，我潜移默化地从他们身上学到了为人处世的优点和经验。后来有一次我去看望包起帆，他负责的公司正发生着一件罕见的事情：两艘外国轮船停泊在码头，寒潮突然来袭，气温骤然下降，未卸船的香蕉将会冻坏而报废。

包起帆将这一情况向员工们一讲，集思广益，用棉被保温，于是职工们将一条条棉被送来了，有的是新婚夫妻的新棉被，有的是刚买来的，还有的是几床新旧棉被一起送来的……“包起帆那么关心我们，他工作上遇到困难，我们能不讲良心不支持吗？”职工发人肺腑的朴实语言，感人！

包起帆创造抓斗，成了闻名的“抓斗大王”，被评为全国劳动模范，但他始终保持劳动者本色，把自己所得到的奖金，用于慰问伤残职工，逢年过节坚持上门去探望。他在成绩面前不骄傲，反而更虚心、更努力，不停地学习钻研，多次发明创造不自满，成为发明集装箱电子标签系统国际标准的编制者，获得国际金奖，走上了世界工程技术的最高领奖台……在和他的接触中，我感触良多，获益匪浅。

角色是多种多样、形形色色的。记得小时候常听祖母说的一句话：“不识字不要紧，不识人不得了！”这话或许并不科学，我却一直记着，叮嘱自己要正确理解。难道不是吗？识人太重要了，也不容易。至今我对那些善于伪装、见风使舵、两面三刀的人识别能力还很差，吃亏上当不少，往往总是后悔不及。

灯　　会

让欢乐之河常流的主观意愿，其实是客观需要。

下面是我写的一篇小文章，发表于 1992 年 3 月 2 日《解放日报》，题为《让“欢乐之河”常流》。我是怀着喜悦的心情写这篇急就章式的短文，从题目就可以看出笔者的心情和愿望。请允许我将这篇文章的内容抄录于此，不仅可以留个纪念，还想借此表达我对合作共事的同志们的由衷感谢。

让“欢乐之河”常流

去过的人都不会忘记，壬申年正月十五元宵节之夜，上海豫园火树银花、琼楼玉宇，呈现五彩缤纷、争妍斗艳的景色；尤其是首次运用泛光灯装饰的大假山景区，更显得灯月相辉，山水互映；还有那池中荷花、湖船灯彩，别有一番情趣……我和三五好友置身在井然有序的人流中，看到男女老幼个个笑逐颜开，人人欢声笑语，好一派欢乐祥和的风俗民情气氛，这不正是国泰民安的社情民意吗？于是，我们不约而同地谈起了一个值得提出的建议，就是：应该让这样的“欢乐之河”常流不断！

让“欢乐之河”常流，就是说上海这样的国际性特大城市，要经常不断地此起彼伏地举办这样富有特色和吸引力的大型文化艺术及旅游观光活动，让人们在紧张的劳动工作之余有丰富多样的消闲去处，以轻松愉快的文化娱乐活动陶冶情操，调剂生活，有益身心，并为繁荣上海、开发开放浦东服务，显然是十分必要和相当重要的。

元宵节之夜，来老城隍庙观灯闹元宵的达30多万人，自掏腰包花五元钱买票进豫园游览的高达近万人，可谓盛况空前。有双双对对的小伙青年，有相互搀扶的老年夫妇，也有一家老小结伴成群，更有外地旅客和外国友人，都兴高采烈地又谈笑风生。我有意识地和各种代表性游人攀谈，他们异口同声地希望经常有这样的活动。

这就是上海人的需要！1 000多万上海人的业余文化生活需要是多层次的，在办好影视戏剧的同时，经常举办这样的大型文化旅游活动，实践证明是受欢迎的，“阿拉不能老是孵在屋里，像这样好白相的地方太少了，能常常办些这种活动当然好”。

这也是来上海的外地客人的需要。改革开放使上海成为国际性大都市，浦东开发以来更吸引着世界各国的朋友来投资，有的已在上海办了企业，几乎常住于此，总觉夜生活没有地方好去，据说有位外国友人六次来沪安排他六次看杂技，令人哭笑不得。这天晚上来观灯的外国朋友为数不少，虽然未能与之交谈，但从他们兴致勃勃的神情举止，可见都乐在其中了。

当然，要让“欢乐之河”常流，此起彼伏地举办这样的小型文化旅游活动，困难是不少的。但是，为了上海重振雄风和浦东开发开放，为了满足国内人民和外国朋友的需要，我们要齐心协力地知难而进，依靠社会各方面力量，开展丰富多彩、健康有益的文化娱乐活动，以提高人们的文化科学素质，促进精神文明建设。

让“欢乐之河”常流吧！

此系原文照录。可见这是急就之章，也足见笔者忙中抽空写这篇短文的心情和用意。现在看来，就事论事地说，文中记录的事实也有疏漏，值得补充的主要有：

上海市民对传统的豫园元宵灯会富有感情，因“十年动乱”而久违了。在拨乱反正以来的喜庆气氛中，重新举办这个富有民族特色的灯会，市民们相当欢迎，兴致勃勃地从四面八方前来观赏，其热闹的情景令人感慨良多！由于人流量大增，很快出现拥挤现象；而此时如潮水般的人流还在向豫园涌来，更有大量市民继续从四面八方赶过来。

我和设在豫园楼上的现场指挥部同志分析客流状况，预测客流趋向，断定正在向豫园走来观灯的市民为数一定不少，拥挤程度还会继续更加严重。

安全第一，是我们一再强调的，预案事先也有了，措施曾经检查落实，但现场的情况显然超出了预料。为了确保安全，我立即向市政府主要领导打电话，直接汇报情况，并提出要求：请南市区周边的兄弟区政府立即调800名民警，快速赶赴现场，协助我们维持秩序，以确保安全！

“你们必须确保安全，采取哪些应对措施了？”市领导同志口气严肃地说。

“立即封锁所有路口，游人暂时只许出、不准进！”

“已经进入园区的游客呢？”

“疏解园内游人的饱和状况，顺流方向疏导，避免对冲！不停地广播引导，纠察和工作人员现场疏导，特别强调缓步顺序向前，如游客被踩掉了鞋子，千万不要弯腰去拾，安全第一！”

……

感谢市政府领导关心，感谢兄弟区同志的支援，豫园灯会安全举办成功，没有发生踩踏等意外事故！

散场后清扫场地，捡拾到各式各样的鞋子，整整装了满满两黄鱼车！豫园旅游商城的老同志们，对此至今还记忆犹新。

为了让“欢乐之河”常流，豫园旅游区的同志们在自己的岗位上尽职尽责，开拓创新。记得为创办“豫园旅游节”，开创区办旅游节风气之先，在丽水路举行开幕式，还专门请来了市旅游局王局长讲话。

雄　　风

上海是一座富有光荣革命传统和海派文化特色的都市。

上海人是喝黄浦江水长大的，黄浦江是上海的母亲河。这条长达113公里的黄浦江，使上海分成了浦东、浦西两部分，在以往漫长的岁月里，上海人民用木质的划子船和舢板船摆渡过江。明嘉靖二年（1523），上海县建造了13只木船，用于沟通两岸民众往来，成为载入史册的一件大事。清代，浦江两岸有高昌渡、烂泥渡等多个渡口，上海道还设立了专门管理机构“渡局”，用的依然都是木船。有史以来，黄浦江两岸的民众相互往来十分不便，至今还是靠轮船摆渡，矛盾和问题显得越来越突出。

上海人民想在黄浦江上造大桥的梦想从未间断。清朝末年，上海有识之士提出在黄浦江上造大桥，连方案都有了——在董家渡口建造一座钢质浮船式桥梁，在桥跨设置活动的开起段，供船舶通行。1931 年，成立了建桥机构，与一家德国厂商草签了协议，只是最后这协议成了一纸空文。抗日战争爆发，日寇侵略我国，残杀无辜同胞，到处横行霸道，过外白渡桥的中国人要向鬼子鞠躬行礼，还随时会遭到人格污辱，甚至残暴的殴打，哪里谈得上造桥？上海人在黄浦江上造大桥的美梦实在难圆！

1987 年 12 月一个大雾锁江的早晨，家住浦东急于过黄浦江去上班工作的人群，出现了严重拥堵情况，延安东路过江轮渡站发生严重踩踏事故，酿成当场死亡 3 人，伤 135 人，其中重伤 15 人的惨祸！

这起惨祸震撼了全上海人民的心，新当选刚上任的上海市长谈及此事时，发出了这样震撼人心的声音："起来！不愿让上海沉沦的人们，让我们一起来重振上海雄风！"

改变渡江状况，在黄浦江上造大桥，几代上海人民的这个梦想，又成为热门话题。1979 年，市委市政府下达了关于在市区建设黄浦江大桥的任务。经过调查研究，于 1983 年 10 月由上海市政工程设计院编制《黄浦江大桥可行性研究报告》，1988 年 12 月 15 日南浦大桥开工建设，这无疑是上海重振雄风的序幕拉开了！

黄浦江上建造的首座大桥，位于南市区的南码头，一桥飞架的浦东、浦西，当时都在南市的辖区范围之内。作为时任南市区区长的笔者，既无比兴奋又深感责任重大，自始至终参与这座被命名为南浦大桥的黄浦江上第一桥的建设，可谓三生有幸！第一次动迁动员大会在南市影剧院举行，笔者代表大桥前期工作指挥部并以南市区区长身份，在大会上作动迁动员报告的情景，至今还记忆犹新。整个工程共需动迁居民 5 152 户，企事业单位 205 家，为确保用三年时间建成南浦大桥，必须按时完成全部动迁任务。

南市区人民，不，是全上海人民，在黄浦江上造大桥的梦想就要成真了，人们无不欢欣鼓舞，为造大桥争做贡献，表现了高度的自觉性和积极性。搬家不讨价还价而争先恐后，干部群众中涌现了许多感人事迹。分管大桥所在地动拆迁任务的副区长于来宾同志，日以继夜地忙碌在现场，创造性地提出了动迁原则："谁家的孩子谁家抱。"动员各单位上级部门和居民工作单位领导，各自负起责任，齐心协力做好工作，致使动迁进展顺利，没有一户所谓的"钉子户"。各单位也都积极配合，如上海制面厂因建桥动迁经费有限，施工时间紧张，积极配合，采取先迁走一个车间，以保证大桥施工。于来宾同志日夜操劳而累倒，我闻讯赶去，推着躺在担架上的他送进病房，禁不住热泪盈眶。

南浦大桥设计为双塔双索面的斜拉桥，全长 8 626 米，中孔跨径 423 米，主塔高 149.5 米，一跨过江，桥上行车，桥下净高 46 米通航船舶，雄伟壮观，在中国堪称第一，在世界已建成的同类桥梁中名列第二！

三年建成南浦大桥，其艰巨性可想而知，上海市委市政府领导果敢决策，精心设施；建设者们知难而进，迎难而上。作为大桥所在地的区政府，更应义不容辞，责无旁贷，不惜一切地履职尽力。区政府工作人员全身心地投入，最艰巨的动拆迁任务按时完成。

前期工作一切顺利进行，1988 年 12 月 15 日，南浦大桥正式开工建设！

意　　外

生活中常有意料之中事，也难免意料之外情。

这天傍晚下班回家，天色阴沉沉，灰蒙蒙的，风虽不大，却冷气凛冽。走在南车站路上，意外地听到走在前面的两位男士边走边说着话，很生气似地越说越起劲，在有些人看来，也可以说是发牢骚讲怪话。

一个说："开会时讲得好听呐，要深入基层，要关心群众生活，为群众排忧解难，实际做得怎样呢？完全是另一套，对老百姓的生活疾苦，有谁关心了？"

另一个说："是啊，我们这里的化粪池满溢好几天了，臭气冲天，寸步难行，地上根本没法下脚，垫上砖头一步一跨地走，很不安全。老人小孩更苦，跌倒好几个了。这样的情况，有哪个干部来关心了？眼皮底下的事只当没看见。"

一个气呼呼地接口说："干部嘴上功夫好，讲得都很好听，实际做的是另一套。"

另一个吐了一口口水说："官越大越高高在上，局长、区长们靠汇报，下面专拣好听的讲，上级爱听呀，哪会晓得真实情况呢？"

听着这些话，我说不清是什么滋味。本该回家了，我却继续跟过去，想去他们说的粪便满溢的地方看看，到底是怎么个情况？

随着一股刺鼻的臭气飘来，我看到地上是满溢的粪便，脏不忍睹，臭味难闻！垫在地上的砖头浸在粪便中，一个小伙子在一步一跨地走回家去。

面对眼前的情景，我不加思索地马上转身来到一家烟杂店，拿起公用电话拨通了区政府值班室，让值班的同志马上通知区环卫所、房管局和相关街道办事处负责同志，立即到现场来，就说李区长等在现场要开现场会，不得有误！放下电话，我又想到公安分局和消防队也要来，可否用消防车的水冲洗地面？于是转身再打电话通知区公安分局。

打完电话，我回到现场面对满地的粪便，闻着恶臭气味，默默想着什么，又仿佛什么也没想，遍地的粪便和恶臭的气味，令我说不清是一种怎样的心情，禁不住长叹了一声。

天色渐暗，寒风中先后赶来的有房管局、环卫局等单位的负责同志，原本正在值班或在家休息，接到通知后立即骑自行车赶过来了。面对这样的同志，我能说什么呢？什么都不用说了。不言而喻，全区大都是老旧房屋，化粪池老化、渗漏、堵塞、满溢等情况可想而知，限于财力，今年只能改造化粪池30只，其中为所在单位改建10只，为居民区改建20只，另采取了专车专门负责出粪坑，每月轮番出粪坑约750只，还是没能根治粪便满溢的恼人问题。眼下最急迫的是马上来车抽空这个化粪池，扫清地上的积粪，冲干净地面。我对先后赶来的有关同志深情地说："辛苦你们了，谢谢啦！老百姓的心似明镜一般，会感谢你们的！"

"李区长，你回去休息，我们会清理干净的。"

"不！弄干净了我们一起走！"

直到粪车来了，清空了化粪池，接着消防车来了，将地面冲洗干净，我才和同志们一起撤离现场，挥手告别，带着不同心情，各自回家。

春节年初一早上，我又去现场看了看，生怕……

问　　心

“不贪不懒，排忧解难，开拓创新”，常扪心自问。

那天回到家虽已饥肠辘辘，还是先洗了个澡，换了全身衣服。晚饭喝了一点黄酒，睡下了。可怎么也睡不着，思绪如脱缰的野马，东奔西突，一会儿想到如果我没有听到这路人的谈话，今晚的一切就不会发生，满溢的粪便当然也依然如故，那居民的日子怎么过？会有哪些怨言与叹息？一会儿又想到，全区还有多少个这样已经满溢或将要满溢的化粪池？春节将到，万一在欢度春节时发生如此情况，那何止只是令人扫兴？会不会再发生意想不到的情况？

想到自己当选区长时曾经给自己提出过这样的要求：“一定要做到不贪不懒，尽力为百姓排忧解难，以开拓创新精神去努力做工作。”概括起来是三句话、十二个字，要求自己牢牢记住，切切实实地做到。然而，居民生活有这样的忧、这样的难，我去排了吗？我去解了吗？连情况都不完全了解！想到这些，我深感愧疚。

人贵有自知之明。在全区的干部中，有不少是资深且能力强的同志，他们经验丰富，对情况非常熟悉，却未被提名委以重任，仍在原来岗位上勤奋工作。社会上有这样一种说法："说你行，不行也行；说你不行，行也不行！"我想，这里的行或不行令人咀嚼，也是可以转化的。

人要有自知之明，关键是对自己要有个正确认识，不能自我感觉良好，而是要经常自我批评，勇于剖析自己，才能严于律己。我把"不贪不懒，排忧解难，开拓创新"十二字当作座右铭，经常自我对照检查，发现问题及时改正，为的是要做一个正直有尊严的人，不被人家戳脊梁骨！

今天偶然路遇两位闲谈的行人，听到了他们对政府工作和机关干部作风的批评，发现并处理了粪便满溢的问题，我不仅由衷地感谢这两位路人，更应从中汲取教训，认真对待，举一反三，检查自己在听取群众意见、为民排忧解难方面存在的问题，及时加以解决。

看来还要采取有效措施，使政府工作人员能够听到群众呼声，让群众能便于表达自己对区政府工作的批评意见。

夜深人不静，问心难无愧。

我想到明天要开会，就服用了安眠药，渐渐迷迷糊糊地进入了梦乡……

转　弯

历史进程中转了个弯，个人命运相应地如何转弯？

重返上海以后，我常常梦回往日生活情景之中。在广西桂林生活达19个年头，亲身经历的是翻天覆地的变化，留下难以磨灭的印象。

接到来自桂林的信，我会迫不及待地拆阅，读来倍感亲切。这次的一封信是桂林日报社老谢同志写来的。读信如见人，他那和蔼可亲的音容笑貌顿时又出现在我的面前，他编发过我的一些文章，对我的写作多有帮助。“十年浩劫”中，他因为编发“上海来的大右派的大毒草”受到株连。信中他谈及作者与编辑的交往情谊，说是想到上海来看看我。我非常高兴，连忙回信表示欢迎。

接着我又收到了小曾的来信，他是桂林制药厂的青年工人，厂里安排他和另一位也是当地的青年工人，与我同住一间集体宿舍。我们之间年龄相差大，身份和政治情况

重返桂林，和桂林制药厂职工及家属合影

不同，厂里如此安排，原因自是不言而喻。开始他们对我的态度不难想象，但没过多久，他们俩尤其是小曾，对我不但政治上没有另眼看待，而且还给我以有分寸的关心照顾，实属难能可贵。有时星期天，小曾热情邀请我到他家去玩，和他父母弟妹等共进午餐。他的家在桂林著名景区七星岩附近，门前常见来往游客，喝着当地的三花酒，实在别有滋味……有时我思绪绵延，禁不住眼眶湿润了。

我准备着接待远方来客，不，是接待来自远方的我的亲人！我的恩人！

桂林日报社的老谢和他的同事、诗人老曾一起来到上海，久别重逢的我们仨无比欣喜。在我家小叙时，酒过三巡，各抒胸怀，感慨万千，对三中全会以来的正确路线赞不绝口。

“啊，你像年过半百的小青年，比在桂林时还年轻了！”相见甚欢的桂林文友兴奋地对我说。

“哪里啊，我在叮嘱自己，不要成为年轻的小老头，否则就有愧于大好形势了！”我一面迎接客人一面说掏心窝的话。

当时我家住车站路上的一幢多层宿舍楼的底层，是名副其实的寒舍。远道而来的客人说不要去饭店，执意要在家里用餐，说这样随意交谈，敞开胸怀。品茗畅谈后，小酌共饮，酒不醉人人自醉，言谈也就更加推心置腹了。

“突如其来的‘文革’风暴，看到揭发上海来的大右派李伦新的大字报贴到十字街头，我们真为你担心啊！不好也无法和你联系，只能为你暗暗担忧却又不知所措……”

“后来给你改正了，恢复党籍调回上海了，我们何止只是为你高兴？是历史转了个弯，多少人因此改变了命运啊！”

“是啊，这几十年来一个接一个转弯，转过去，转过来，直到一举粉碎‘四人帮’，党的十一届三中全会召开，拨乱反正，才走向正轨，恢复正常，这一切实属来之不易！”

我们这些亲身经历了多次“转弯”的人，想到每次“转弯”的情景，转来转去，对国家和民族造成无法估量的巨大影响，每次“转弯”使不少人受到冲击，改变了他们的前途命运，凡此种种，实在值得反思，汲取教训……

老谢他们这次上海之行时间虽然不长，招待也不尽周到，但相叙甚欢，给我留下了难忘的印象，也引起了许多有益深思和联想。

青年工人小曾同志从桂林来上海，到我家里做客，不，是我把他当自家人请来的。当年我在桂林制药厂劳动，厂领导安排两位青工同我住一间宿舍，渐渐地他对我了解了，态度改变了，后来亲如家人，休息天常邀我到他家去吃饭，使我从这个劳动人民家庭感受到纯朴真情。

久别重逢，我们无话不谈。他父母的身体健康状况，桂林制药厂老师傅们的情况……听说他至今还是单身，我为他的婚姻大事表达了殷切期望，讲了自家人才会直言的意见与建议。这次接待，我深感抱歉，因公务在身没能多陪同，实在招待不周。

后来，南市区和桂林市有了友好往来，我曾以上海市南市区党政代表团团长身份率团到桂林市访问，受到桂林市委、市政府领导的热情接待，桂林制药厂的工人师傅们闻讯来到榕湖宾馆看我，久别重逢的激动之情实难言表。

应我建议，桂林方面专门作了安排，让我回桂林制药厂看看，厂长陪我在当年劳动的三车间转了转。我特意拜访了小曾同志的家，看到他怀抱着心爱的小宝宝，笑嘻嘻地接待了我，我不仅开心，而且放心和高兴！我邀请工人师傅一起聚餐，表达我的心意，激动的心情难以言喻。

是夜，我睡在榕湖宾馆舒适的床上，久久难以入眠，思绪如脱缰的野马，漫无边际，想到旁边就是我那时常去的广西第一图书馆，这次未能进去寻访，甚感遗憾。当年孤身一人在桂林的情景，历历如在眼前映现……

态　　度

不能改变命运时，那就改变对待命运的态度。

一天早上，我像往常一样走进机关，来到自己的办公室时，发现门口有一个人席地而坐，身旁放着铺盖和包袱。我正想走上前去询问，他已猛地站起身来到我面前："你是李区长吧？我可找到你了！"

"你是……？"我一面问一面拿出钥匙开了办公室的门，"请进来说吧！"

这是一位头发花白稀疏的老汉，身材瘦长，面容憔悴，穿着像个老农民却并非农民。我让他在办公室坐下后，给他倒了一杯开水，随意地问了句："早饭吃过了吧？"我想使他感到随便些。

正在这时，门房间值班的同志跑来对我解释说，自己有事刚离开一会儿，这个人就溜进来了。说着，他上来拉这个人出去。

“这不怪你。”我对门卫同志说，“让他在这里坐会儿，把想说的话都说了。”

门卫同志走了以后，他告诉我：他原本在上海工作得好好的，老伴身体也不错，经常参加居委会的活动。那一年上面号召，报上宣传“我们也有两只手，不在城里吃闲饭”，居委会干部为此上门来动员，他和妻子回到了乡下。

正说到这里，门卫和信访科同志来了，说上班时间快到了，区长工作忙，要让这位上访者到信访科去谈。上访者不愿离开，要求继续说下去。

“让他把话说完。”我说着，让两位工作责任心很强的信访科的同志去做自己的事情。

他略带歉意地对我继续说：“我回乡以后，没什么事好做的，很不习惯，身体也渐渐差了，总想回上海……”

我边听边记，在他说完了想说的话以后，我记下了他的姓名、地址和联系方法，告诉他我们一定会按政策处理他的诉求，请他放心。他离开了我的办公室，几次回头对我说：“麻烦你了！”

我请信访科同志到这位来访者原来所在单位、原来居住处居委会了解，证明他所反映的情况基本符合实际。根据他的年龄、身体状况，确实已失去劳动能力，他上海原来的住房已由亲戚使用。根据有关政策，通过耐心细致的工作，让他返回上海安度晚年，是符合有关规定的。几经周折，这位上访者的愿望终于实现，回到上海安度晚年。

那天我信访接待，他面带笑容来到信访接待室，表示要谢谢政府，帮助他解决了问题，他可以安度晚年了。我说是人民政府为人民服务，应该的，哪还用谢？！我希望他保重身体，健康长寿。

面对他渐渐远去的背影，我忽然思绪绵延，心里想着对他说句大意如下的话：人在不能改变命运时，可以改变对待命运的态度……结果我并未对他多说什么，只是希望他保重身体，生活环境改变了，原有的生活习惯、生活态度也要随之改变。

我想过一段时间去了解一下他重回上海后的生活，看情况是否还要再对他强调一句："不能改变命运时，那就改变对待命运的态度！"

法　　治

人治？官治？法治？此中有太多问题要思考。

那次强行拆迁的场景，给我留下了难以磨灭的印象。因市政工程建设需要，地处我区江边码头一带的居民住宅需要动迁另行安置。这项工作进展尚属顺利，没想到最后还有一户居民就是不肯搬迁，成了所谓的“钉子户”。

据汇报，为了这一市政工程如期顺利进行建设，对这个“钉子户”做了大量工作，做了尽可能的让步，满足其部分要求，可这户动迁户户主、一位上了年纪的妇女死活不肯搬迁！

怎么办？有关各单位、部门多次开会，反复研究，决定采取果断行动：强行拆迁！

我听取了汇报，在向区四套领导班子同志通报情况听取意见后，按反复切磋后确定的执行方案，选在一天早上开始行动。我按计划坐在一辆轿车内，离现场不远处停着。

参加执行任务的有区公安分局的警车、消防队的救火车、医院的救护车……安排周到，严阵以待，以便随机应变。

先礼而后强制执行。事先准备好的安置房，等待着这家动迁户来入住。平心而论，条件不错，但愿这户人家能接受，能同意，满意就更好。

可这位上了年纪的妇女坚决不同意，她躺在地上大哭大喊大闹，连家人劝说她也不听，还声嘶力竭地扬言要行极端，放火烧房子，往自己身上浇汽油点火……

在这种情况下，事先准备的最不理想的一项措施被迫付之行动：将她架走，把她家里的东西悉数搬到预备好的卡车上，运到一间空房子里，尔后用推土机将她居住的那间已经很陈旧了的简屋推倒。

参与和未参与其事的同志一致认为，这次强行拆迁是顺利的，成功的，应该好好总结经验。我也没有听到不同的说法，但没有听到不同说法不等于没有不同看法。

这件事久久地萦绕于我心头，联想到依法办事和执法程序等等，自知法律层面有欠缺，也就是没有经法院审理判决。尽管再三强调要依法办事，那只是口头提提，原则要求而已。

区人民政府正式聘有两位法律顾问，定期和区长见面，以便随时可以咨询。我扪心自问，确实存在法律意识不强、依法办事不严的问题。这次强行拆迁前，我没有事先很好地与法律顾问商量，听取他们的意见。依法办事，依法行政，在我的认识上和工作中当时确实是做得很不够的。

与此同时，我也想到，我敬爱的同胞中，有的人不应只顾一己之私利，而要顾全大局，配合依法办事。

文　　庙

在文庙立孔子铜像，纪念先哲自会批判传承。

记得童蒙初开时，进村塾读书的第一天，先生要我做的第一件事，是恭恭敬敬地向写有“大成至圣先师孔子之位”的牌位三鞠躬，以后必须天天如此。

陆续读了《百家姓》，特别是读过《论语》等书以后，孔子的形象在我的记忆中已牢固树立。尽管屡经社会运动，多有对孔子的批判，但作为先贤的孔子形象，国人心中是难以磨灭的，批判地继承这份宝贵遗产，将会代代相传。因而，我才积极主张文庙应该有一座孔子铜像。

我来到上海，工作在人民路银河里。耳闻附近的文庙路上有一座文庙，虽近在咫尺，却未能进去瞻仰过，想象中文庙里一定会供奉有孔子神像，想着能有机会到文庙去一次，拜谒孔子。

神奇的命运之手将我推去祖国西南边陲的广西桂林，

度过了难忘的 19 个年头，又将我重新推回了上海，仍旧回南市区工作，安排在当时的文化科。文庙是经常去的，去了总流连忘返，想到抗日战争期间这里曾经是抗日救亡歌咏活动的中心，《大刀进行曲》就是从这里首先唱响。可没有见到文庙里有孔子的立体形象，不免暗自以为是一个缺憾。

当选为南市区区长，主持区政府工作，我和区文化局的领导之一的顾延培同志联系中，感到他是一位“老南市文化人”，对老城厢文物古迹保护工作特别热诚，是我敬重和学习的对象之一。有次他兴冲冲地来对我说：“张秀杰先生介绍香港同胞陈春先生，欲为文庙捐赠一座孔子全身铜像，不知区长意下如何？”

我在统战部工作期间结识的各界朋友中，张秀杰先生是一位热心海峡两岸联系的区政协委员，对他“牵线搭桥”的这个项目，我毫不思索地表示说：“如果有这个意愿，可以进行实质性洽谈！”

洽谈的过程和讨论的细节，这里从略。《订制孔子铜像合约》签订并提交有关人员过目后，我和文化部门同志分别向上级有关部门作了口头汇报请示。顾延培同志是位富有经验、办事认真的干部，在制订《关于中威公司向上海文庙捐赠孔子铜像的备忘录》时，虽然甲方是南市区文化局，乙方是香港中威公司，甲乙双方签合同却要加上个领导签录人："南市区人民政府区长"，要我亲笔签上自己的名字。

这份显然有违常规的备忘录，读来耐人寻味。就是这样一份有区长签了备忘录的报告，送到市有关部门还是迟迟得不到批准，又不明说不批准的原因。顾延培等同志一次又一次地去询问，其实是去催办，始终得不到明确答复。设法探询，据说是"文化大革命"才过去不久，批林批孔运动人们还记忆犹新，文庙没有孔子像已这么多年了，没有就没有呗，何必多此一举，自找麻烦呢？

这不能不令人深思！

孔子及其儒学作为中华传统文化的象征，经历了从尊崇到打倒、否定，从全面否定、部分肯定和充分尊重的反复过程。这在许多人特别是干部中留下了深刻的影响。如今有的干部对待孔子问题仍心有余悸，抱着宁左勿右或多一事不如少一事的态度，完全可以理解。我有责任和这样的同志沟通，请他到上海市区仅有的这座文庙来看看，没有一尊孔子塑像的状况。我可以向他当面申述，为什么要塑一座孔子铜像的理由：作为我国历史上伟大的教育家、哲学家，世界公认的古代十大哲人之一的孔子，在中国人民的心目中是不可磨灭的，建一座孔子铜像，和文庙的存在一样，并没什么别的意思。如能争取在孔子诞辰 2 540 年之际，在文庙内敬立一孔子铜像，是应该促成的好事，一

孔子铜像

定会得到广大人民的理解和支持。

好事多磨。

1989 年 9 月 28 日，在孔子诞辰 2 540 周年之际，一座高 1.8 米的孔子铜像，在上海文庙大成殿前落成了，从而结束了文庙没有孔子立体塑像的历史。

大理石基座上，刻有时任全国人大常委会副委员长周谷城先生题写的“先哲伟大的教育家孔子铜像”。

从此，经常有炎黄子孙们来到文庙，在孔子铜像前默立、行礼，许下读书为人的心愿。

钥　　匙

有权不用过期作废，用权不当理应问责甚或问罪。

曹冠龙发表在《上海文学》杂志上的小说《锁》，引起了文学界的关注，我读了也感到有新意有深度，但不知道写这小说的是何许人也。

就在这时，我接到了市作家协会给我的信，由《上海文学》资深编辑彭新琪老师转来，信上讲这位才华初露的青年作家是南市区居民，住房非常困难，希望我能给予关心和帮助。

接信后的一个星期天早上，我独自来到蓬莱路，走进曹冠龙同志的家，见到的情景正如彭新琪老师的文章《我的忘年交：从墙头"冒出"的作家曹冠龙》一文中所写：

我曾造访曹冠龙的家，那是南市区的一幢老房子的假层阁楼，楼梯像云梯一样又陡又窄，从底层直插到楼顶，揭开顶上的一块木板，脚踏上去，关上这块板就进了他的家——三代四口的家。集吃喝拉撒睡于一室的家，有一个水斗，一只煤炉，一只木马桶，可以站直的面积不足十平方米。经向文联和编辑部领导汇报，找了时任南市区区长的作家李伦新先生。在他的关心下，南市区房管部门为曹冠龙解困，在浦东南码头配了一套住房，改善了他的创作环境。

彭新琪老师写的真实而具体。

令我难忘的是在曹冠龙的斗室里，放着一张木床，床上睡着一位老太太，是曹冠龙的母亲。

“你们晚上怎么睡觉？”我问。

“母亲和孩子睡在床上，我们夫妻俩打地铺睡在下面，腿脚伸到床底下，上半个身子在外面。”曹冠龙说这些时，忍俊不禁地笑了，笑得有些苦涩。

“你在家里怎样写作呢？”我问。

“坐在窗口，面前一块木板搁在腿上，在木板上写。”

啊，怪不得彭新琪老师称他为“从墙头‘冒出’的作家”，形象！准确！

他给我看了这块独特的木板，令我惊奇，不免感慨系之，心想：在这样的环境、条件下成长起来的作家，可敬可爱！

面对这位作家的住房如此困难，我不能以任何理由推脱责任，可怎么解决，成了一个大大的问号，萦绕心头：

怎么办呢?

老办法，找有关部门的同志商量，事在人为嘛。

我分别找了区城建办、区房产局、区住宅办……的领导同志，坦诚地向他们讲明青年作家曹冠龙的住房困难，我强调说，这样年轻有为的作家，住房如此严重困难，一定要想想办法帮助解决。

见我态度坚决，一位同志的口气开始松动："本区居民住房特别突出的困难户，由区长批下来，我们贯彻落实，每年解决两户。"

我一听到这话顿时明白了：特事特办特批，超常规地解决，区长负责，下面执行!

我在一定范围内与有的领导同志沟通情况时，提出了两个问题：一是本区机关干部中住房困难，区政府协调住宅办等已在保屯路选了一块地，建设住宅楼，可望逐步得到改善；二是本区居民中如有像曹冠龙同志类似情况的，也应加以关心，每年挤出一点房源，尽力解决特困户。这样，一套位于浦东南码头新工房的钥匙顺利交到曹冠龙的手里。

那天下午，我在家里准备区长办公会的讲话稿，曹冠龙和他的妻子、儿子，拎着蛋糕、水果，径自来到我家。在接待这三位不速之客时，我笑得不无窘态地说："我看出来了，你这位作家很会写小说，但很不会送礼！哪有像你这样一家大小拎着大包小包浩浩荡荡来送礼的？”

“这……”曹冠龙听后愣了一下，不知如何是好。

“请坐，请坐！”我让客人进屋坐下，家人倒了茶。看来曹冠龙文笔很好，口才却不怎么样，显得无所适从的样子。

“我留两个水果下来，你已表示了心意，其余的东西你照样拎回去，希望你和我配合默契好吗？”

曹冠龙点了点头，一副不无尴尬、不知所措的可爱神情。我则想到，这房子给他，没给错人。

市作家协会崭露头角的知青作家陈村、资深文学编辑彭新琪等约我在休息天到曹冠龙的新居去，祝贺他乔迁之喜。我欣然应允，按时前往。

啊，这才像个作家的家！有了书房，有了书桌，可以坐下来轻松自如地进行创作，不必再坐到窗台上，面前放块木板那样写作了。

“我在木板上写了篇《锁》，引起作家协会的关心，李区长给我送来了这套新工房的钥匙。哈哈！”曹冠龙说着，意味深长地笑了，大家也都跟着笑了。

这笑声以后时常在我的耳畔回响……

金　碗

不做捧着金饭碗讨饭的人，做什么？怎么做？

正当我们为如何开发建设老城隍庙地区而热议时，1988 年 6 月 2 日，时任上海市长来南市区视察工作，在老城隍庙地区边走边看、边问边听陪同者的汇报，亲切地相互交谈。在陪同市长视察过程中我随时汇报情况，同时提出建议和希望。我想让市长感受到豫园地区在上海改革开放中的独特优势和发展潜力，区里正在进行的规划及开始启动的项目，借机适当反映区里的要求和希望，特别是急切要求市领导给予关心与帮助解决的问题，一是体制方面的，二是政策方面的，以便使豫园地区为上海的改革开放发挥独特作用，作出应有的贡献。

市长边听汇报边提问题，语重心长地对我说："城隍庙是国际知名的，可以说是个金饭碗，你们可不要捧着金饭碗讨饭啊！"有感而发的这句话，令人震撼，更发人深思。

我忽然联想到古时有个流传很广的捧着金饭碗讨饭的故事：王宝钏抛绣球，薛平贵中了。宝钏的二姐银钏嫌贫爱富，尖酸刻薄，瞧不起沦为乞丐的薛平贵，对其百般讥讽，万般羞辱，存心要拆散王宝钏与薛平贵的姻缘。后来，薛平贵荣登宝座，赐给王银钏一只金碗，但只准其捧着沿街乞讨，不准变卖。我们可不能捧着金饭碗讨饭啊！

第二天，在上海市新一届市政府召开的第一次各区区长会议上，市长同志深有感触地说："我昨天去南市区，看了城隍庙、集市贸易。城隍庙是个'金饭碗'，但不如我想象得好。大家都知道，城隍庙是国际知名的，前几年看还不错，过了几年眼界也高了，我觉得现在连珠海的九洲城和经济特区的好多集市都比不上，上海确实落后了。对这样一个国际知名城市，吃东西的商店上面晾着尿布，这样外国人怎么能去？里面可以一步步地翻修，周围我看可以很好地建食品街，又能玩，又能看，又能吃，还要有停车场，要有厕所。区长要学会看什么地方出财源，要去抓这个事情，要搞活一点……"

坐在下面听市长讲这番话，我既为领导的关心和重视感到高兴，又深知肩上的责任非常之沉重。

区委区政府非常重视朱市长的指示和要求，经过传达学习讨论，作出了有突破性的决定：7 月 2 日，以区长为主任，区政府有关部门和豫园旅游区有关单位参加的豫园旅游区管理委员会正式成立。管理委员会第一次会议就是传达学习市长的讲话精神，从思想认识上提高贯彻落实的自觉性和积极性，从此，豫园旅游区开发建设进入了新时期。

市政府有关副市长刘振元、庄晓天同志，分别召开专题会议，就豫园旅游区的规划建设问题和市建委、财贸办、房产、土地、市政、园林、工商、财政和旅游等部门的负责人一起研究，与会同志纷纷表示，要为建设豫园旅游区而共同努力，提出了许多有益的意见和建议。

豫园旅游因此呈现出一派生气勃勃的崭新局面。

联　　动

东西联动，优势互补，浦江两岸共创佳绩。

作为上海这座大城市的一个区，理当贯彻执行中央的大政方针，落实市里的统一规划和工作部署，但这应从本区实际出发，开创本地区工作的新局面。这是我心中经常想到的一句话：从区情出发考虑各项工作的总思路。

辖区范围在浦江两岸，浦东浦西的历史和现状表明，东西联动，优势互补，相互促进，共创佳绩，这才切合实际，符合本区特点。因为感到这一思路尚不成熟和有待完善，所以很长一段时间未正式提出。我打算再做些调查研究，多听取各方面的意见。

为此，我来到浦东。童涵春堂国药店和老城隍庙五香豆加工厂两家企业是上海的著名品牌，在全市及国内外有一定声誉。

这天，我来到童涵春堂国药店浦东成药加工厂调研。

创始于清朝乾隆年间的童涵春堂国药店是家百年老店，积累了几代人的经验，中成药驰名中外，在老城隍庙地区和小东门都有门店，成药销量可观。经国家工商行政管理局批准的“涵春牌”成药颇受欢迎，发展前景看好。

我在药品生产加工厂走马观花，和区财贸办公室、医药公司的同志交谈，一致认为童涵春堂发展潜力大，应该可以作出更大贡献。批发零售的门店都在浦西，主要在豫园地区，但不限于这个地区，改革开放了，思想应该再解放一些，步子应该迈得更大些。

不久，我又去了老城隍庙五香豆加工厂等单位，勾起了我无法磨灭的记忆。在桂林生活 19 个年头，难得有机会回上海探亲，从上海迁去的工人师傅们托我代买的东西中，最多的要数老城隍庙五香豆。大家在一起谈起吃五香豆，简直是津津有味，回味无穷。正宗的老城隍庙五香豆，表面盐霜均匀，皮薄肉松，咬嚼时又柔又糯，甜滋滋、香喷喷的，别有风味。个个都有关于吃五香豆的故事，人人都嘱托我无论如何要帮他带一斤回去解解馋。

改革开放，上海要走在前面，海内外来客剧增，名牌商品销量日增。区的名牌传统商品还有许多，如铁画轩紫砂陶瓷店的紫砂茶壶，万里手杖店的各式手杖，王大隆刀剪店的刀剪，老城隍庙的黄金饰品，上海鼻烟店的旅行火柴，万有全的火腿，全泰的老年服装……这些名店的名牌商品理应传承，大力推介，如能在浦东建厂扩产，并建工人新村，形成生产生活新型城区；同时在浦西豫园和环城地区建设相应的销售网点，开展新颖的促销活动，形成产销两旺、相互促进的良性循环，对发展全区经济会有较好效果。

这次调研只是个开头，东西联动，优势互补，取长补短，共创佳绩的这一发展思路，有待于进一步论证，其科学性和可行性有待在实践中进一步检验，要继续听取各方面意见后加以完善，争取尽快确定全区经济工作的思路，切实付诸实施。

作　　协

上海老城厢理应是上海作家深入生活的基地。

时任上海市作家协会主席的徐中玉先生，率领老中青作家到南市区深入生活，其实也就是为期一天的参观考察。区政府和有关部门的同志认真作了准备，力求做到热情接待，周到服务。

事先来和我联系的赵长天同志时任上海市作家协会党组副书记兼秘书长，负责日常工作。在我重回上海后，参加作协举办的创作学习班时，和他同班同学，相识相知。他写的小说我也读过一些，是我熟悉并敬重的一位作家。他调到作协任职后，和我商量组织作家来深入生活，我们商定了参观考察的路径和单位，负责接待的人员名单，以及中午便餐安排等具体事项。

那天，徐中玉先生、柯灵先生等作家兴致勃勃地走街串巷，有时还和弄堂里的婆婆妈妈们聊聊家常；王安忆等回城知青作家更加兴趣盎然，问这问那。负责陪同讲解的是区政府规划土地局的一位副局长，他对老城厢的历史风情烂熟于心，介绍得头头是道。我虽也全程陪同，但身份似乎模棱两可，故很少开口。

如果我的记忆没有大错的话，正是在这次作家们来深入生活以后，本区和作家之间的联系越来越密切，有些事情特别值得一提。

赵长天同志是位责任心很强的干部，他到作家协会任职后，总想着为作家们多办点实事。有次他来找我，谈到想搞个地方，让居住条件差而有写作要求的会员有个安静的写作环境，打算到浦东乡间搞一个创作基地。我听了以后，经同有关单位联系，在浦东找了一处清静而又临水的地方，经现场察看和多次商谈，有关方面同意提供五亩土地建上海作协创作之家。此事很快在豫园举行了签字仪式，到会人员举杯欢庆，气氛热烈。

此后我再也没有过问这件事。光阴似箭，一次当我去作协开会，偶然想到这个项目，一问才知道，令人遗憾的是这件事没有最终办成，这块土地又转让出去了。

王安忆是一位有个性、有成就、有创作潜力的知青作家，虽已回沪，但对上海这座城市和上海人的认知也许不多，为了有利于她深入生活，区政府特聘她在区文化局兼任领导职务，我签发了聘任的正式文件，为她举行了就职会议。后来我们都为她创作上海老城厢生活的作品而感到高兴。

在领导的关心支持下，豫园旅游商城转制成功，获准改成股份制企业发行股票，成功上市。购买首次发行的股票（原始股），必然升值，稳赚钞票，这是尽人皆知的。但购原始股票明文规定，处级以上干部不得认购。我此时又想到了作家协会，经费有限，工作人员收入不丰，可否让他们买些稳赚不赔的股票呢？

这事琢磨再三，我曾犹豫不决，最后还是决定要做这件事。和有关方面的同志几经斟酌，决定让作家协会及工作人员分别购买了豫园商城的股票。

好事多磨，豫园股票久久未能上市。直到过了多时，购买股票的作家协会和个人才“抛”出所持股票，获得一笔可喜的收入。当迟到的这个喜讯传来时，我说不清是怎样的一种滋味。

显而易见，我的作家情结很深，在可能范围内总想着为作协、为作家做实事，当然一定要在政策允许的范围之内。

引　　进

加强和港澳台同胞及海外侨胞的联系，势在必行。

这天临近下班时，区政府侨务办公室小沈同志来到我的办公室说："李区长，有位来自香港的李先生，要找李区长。"

我带点开玩笑的口气说："人家没说要找李区长，而说要找李先生；如果以你的口气，是叫李同志，对吧？"

她会意地笑了："对，下次一定注意，李同志。"

不以官衔相称，特别是在涉港澳台以及海外的事务中，称呼不可不注意。小沈同志一直从事侨务工作，为贯彻落实改革开放政策，她积极工作，喏，这一次又在为引进外资忙着牵线搭桥了。

本区以中小型企业为主，商贸所占比重较高，初期引进的只有如尼龙丝加工的碗罩、折叠式雨伞等日用小商品，可以说基本没有打开局面。

改革开放是完整的国策，引进资金、技术的同时，也会促进外贸出口，这方面对我们区必须有突破性进展，才能打开局面。这，难呐！难在哪儿？如何迎难而上？知难而进？这些词总不能只在嘴上说说，文件上写写呀！

送走了小沈，我习惯性地独自在办公室踱步，思绪如脱缰的野马，任意驰骋。

回到家里，脑子里依然萦绕着如何打开局面的问题。走出去，让本区有关工厂企业负责人去香港等地开展业务活动？请港澳台以及国外的朋友来区考察，进行经济技术贸易合作方面的洽谈，可行性、成功率、效益如何？

想来想去，找不到一个切实可行的方案。

这段时间我走访了在统战部工作期间结识的朋友，他们大都在港台有亲友，也曾去探亲访友过，有的就是从深圳经香港去台湾及美国的。这帮我打开了思路，走出去、请进来是可以创新形式的，如果我们在深圳举行南市区招商引资之类的洽谈会，邀请香港的朋友来深圳，那就简便多了，费用开支也节省，而且也可让区里干部到深圳参观访问，是花钱少、效果好的干部培训。展开了想象的翅膀，我越想越兴奋，看来要今夜无眠了，连忙求助于常备的安眠药。

朦朦胧胧中想到最近听区侨办、侨联的工作汇报，虽然没有具体研究，却给了我不少有益启示：本区居民中与在香港的亲友保持着联系，可否通过他们邀请各自的香港亲友到深圳来举行联谊活动？此举既起到招商引资洽谈会的作用，又使本区有关干部和香港人士面对面进行联谊交流，并在深圳参观学习改革开放的经验，一举多得，值得一试。

侨办、侨联等有关单位的同事为此磋商协调，反复斟酌，因为组织一批干部到深圳特区，和邀请来的港澳台同胞见面洽谈，不仅在本区，即便在全市还没有过，事关重大，必须万无一失，不能有丝毫疏漏啊！

联　　谊

到深圳举行对外联谊经贸洽谈会，就算一试。

对“联谊”一词我特别喜爱。我在重返上海担任区委统战部部长期间，做的就是同各民主党派、各界人士的联谊工作，在大家的支持下，还创办了一个南市区各界人士联谊俱乐部。

改革开放是一篇新文章，没写过也不好写，却必须去写并要写好，要敢于大胆试大胆闯，争取成功也要允许失败。对此，我在区干部会上不止一次这样讲过，然实际做得又怎样呢?

我们这一代中国人是幸运的，遇上了改革开放新的历史时期，民众有望过上安稳和逐渐丰裕的生活，身为政府工作人员，我们肩负的责任不轻，不能只说不做。

于是，我们请市里对改革开放有研究的黄奇帆同志来给全区干部做这方面的报告。报告会由我主持，黄奇帆同志理论联系实际，深入浅出，干部们很受启发。报告会后组织分组讨论，大家畅所欲言，气氛热烈。

报告会后，我们举一反三，寻找在改革开放方面干部们思想认识上存在的主要问题是什么，明确工作上、行动上的突破口是什么，在哪里，反对一味“空对空”，倡导既务虚又务实，虚实结合。我决定组织干部到深圳举行对外联谊经贸洽谈会。

经过一段时间的准备，1988 年 10 月 11 日至 12 日，在深圳举行了“上海市南市区对外联谊经贸洽谈会”。至今 20 多年过去了，我对此事的记忆大体过程还算清晰，只是对具体的数字记不清了，离开南市区时将每日信息、简报之类的文件资料全都交掉了。洽谈会的日期、会标等，是吴仲信同志帮助提供的，在此深表感谢。

这次全区性的对外开放经贸洽谈，得到了市里的赞许和区里的一致赞同。地点选在深圳，可谓一举两得：区经委、财贸办、城建办、集体事业管理局、豫园旅游商城等有关单位的干部，一方面在深圳开发区参观学习；另一方面，和港澳同胞见面联谊，洽谈合作项目。此外，港澳同胞既参加了联谊洽谈，又顺道在深圳参观浏览，此后与本区常有联系的港澳台同胞越来越多。

在深圳举行对外联谊经贸洽谈会实属首次，回到上海后认真进行了总结，巩固成果，做好后续工作。

放　权

权应为民所用以造福于民，是唯一检验标准。

第二次各区区长碰头会在黄浦区政府召开，徐汇区张区长、普陀区何区长等各区区长都热情参加，积极探讨区政工作的特点和规律，此后区长碰头会形成了惯例。区长间的这种交流和研讨，其积极意义和作用显而易见，市政府领导能给予默许和实际上的支持，难能可贵。

显而易见，阻力在中间。市局委办有的领导同志对放权不放心，不积极。为争取市级各有关局委办领导的理解和支持，区长们分成了几个小组，约好星期天分头到有关市局委办领导家里拜访，沟通情况，重点是希望让区政府承担应有的责任，发挥更多的作用，要求下放给区政府相应的决策权、审批权，能放开手脚干点事。

我应约早早来到陈区长家中，正和老陈交谈时，何区长也来了。我们三人一起来到市建委负责同志的家，受到热情接待，交谈也很融洽。关于给区里下放如项目审批权等事权问题，经相互沟通后增进了理解，我们几位区长感受到：市主管部门的领导并非不肯放权，而是对放权不放心，怕放了权区里管不好，会出乱子。经面对面促膝交谈，推心置腹，实话实说，气氛和谐取得了较为一致的看法。

其他几位区长也分别到有关市局委办主要领导家中汇报情况，交换看法，争取理解和支持。

在市委市政府主要领导直接关心支持下，经过较长时间的协商，方案几经讨论修改，终于达成一致，下发了正式文件。我印象特深的是：明确了区为一级政府，确定了与此相应的是区为一级财政，区的财政收入范围和分配原则按此执行。当然，根据实际情况，各区的财政收入和分配既要统一又要有所区别，按照“分级管理、分灶吃饭”原则，“核定基数，超收分成”，分成的比例因区与区之间情况不同，比例也应有所不同。方案确认后，一定三年不变。

区政府根据分级管理原则，相应地给街道（镇）实行责任制，体现二级政府、三级管理的原则。

本区在贯彻这一原则时，特别强调从区的实际情况出发，区政府要尽可能让街道（镇）有比例较高的财政收入，以便更好地发挥基层的积极作用，更直接地为群众排难解忧，多办实事好事。

实践证明，市里给区里放权，使区真正成为一级财政；

相应地区政府向街道（镇）下放有限事权，这样，对发挥市、区和街道（镇）的积极性起到了明显的促进作用，具有带动效应和深远影响。

买　　菜

菜篮子、米袋子，成了当时市区领导关注的重点。

由于当时物资匮乏，居民购物要凭粮票、油票、布票、香烟票、肥皂票等票证，连吃碗阳春面也要收粮票，买根油条也要收半两粮票，这可谓史无前例，恐怕也是世所罕见。

一举粉碎祸国殃民的“四人帮”以后，拨乱反正，国家富强、民族振兴有了希望。然而，面对积重难返的现实状况，领导任务艰巨，责任重大，作为一名在任的区级政府工作人员，我深感肩上的担子沉重。平时不做家务事、不去小菜场买菜的我，当选区长以后，曾拎着篮子到小菜场去过几回，发现主要问题是供不应求，市场经营管理也存在问题，值得重视。

忽然有一天，接到市政府办公厅通知：区长随带一个菜篮子，于某日清晨五点之前到达八仙桥小菜场。

不难想见，一直关注市场供应情况的市领导采取行动了，我几乎不加思索地就想到，是上任不久的市长关心老百姓的菜篮子，要区长们一起行动。

我来到八仙桥小菜场，天刚蒙蒙亮，但赶早来买菜的居民已接踵而至，灯火辉煌的菜场里，顾客盈门，人声嘈杂，是一道上海独特的风景，不过并不令人赏心悦目。

到楼上集合，提前来到的市长同志开宗明义地说：民以食为天，老百姓开门七件事，人民政府要关心要负责。他简明扼要地向各区区长提出了要求，都去亲身体验一下居民买菜难。

我拎着菜篮子走在拥挤的买菜人群中，听到摊主与顾客之间的对话，问价还价，甚而至于相骂……

忽然嚷声四起："市长来了！市长到菜场来了！"人们涌上前争看市长，本已拥挤的人群更加拥挤。不一会儿，随同前来的工作人员护着市长走上了楼。我也接到通知，马上到楼上开会。

各区区长上了楼，天色已渐亮，市政府工作人员简要说明了一下情况后接着通知说："请区长们现在回去，以后会有通知，按通知到市政府开会。"

这次清晨提篮买菜的所见所闻，印象深刻，感慨颇多，回味无穷。

"菜篮子工程"就是此后启动的。老百姓餐桌上的情况，成为人民政府工作人员关注的内容。由“菜篮子”到“米袋子”，再到“煤炉子”“钱袋子”……人民政府的公务员为人民服务的观念和责任感，随之渐渐增强。

笔　　瘾

成瘾容易戒瘾难，难就难在恋恋不舍没决心。

到区政府上班后，一切对我来说都是陌生的，统统要从头学起，而且只能在干中学、边干边学。那么多文件要阅批，排满的日程表和众多会议要出席，多数会议还要主持，要作总结，有的还要当场拍板决定，因为你是区长，所以理应如此。

“不能让人民代表后悔投了我的赞成票！”这句话，经常萦绕于我的心头。我没有政府工作经验，这不能成为原谅自己的理由，事实也不容许。我时时提醒自己当仁不让，硬着头皮上。为此我每晚必须“备课”，对明天要做的事情“预习”一遍，中午休息也要为下午的会议或工作“备课”，日程表排得满满的，“备课”花的时间、精力远远大于表中所列，渐渐地也就养成了习惯。

这样，哪里还有时间、精力用于写作？就连已经写了几万字的小说稿《梳头娘姨传奇》，也不得不撂下了。我下定决心和写作暂时告别，等以后下了岗退了休，再补过笔瘾。

不可能有时间和精力用于写作，但难免有时会心动手痒痒。记得有次一家杂志的同志来约稿，盛情难却，我利用一个周末之夜写了两则短稿《告别危楼》《为民请“助”》，发表后没有听到什么反应。不久应朋友之约，写了篇稿子在《新民晚报》发表，引起了一些议论。直接对我讲什么的基本没有，有的都是肯定或赞扬的话，可也有同志告诉我，有人议论：“区长工作这么忙，还有时间写文章？”

过不多久，阿章老师打来电话说：“你的《梳头娘姨传奇》稍作加工润色，打算在《解放日报》连载……”我听了很高兴，很感谢，但哪有时间加工润色呢？

阿章老师仿佛看透了我的心思，接着说：“你星期天再看一遍，把该改动的地方改一改，其他文字处理方面的事，不用你管了。”我由衷地感谢阿章老师和所有指导、帮助过我的老师们。

小说《梳头娘姨传奇》在《解放日报》连载了，据说每天上午报纸一到，人们为了先睹为快，常有为争抢报纸而引起吵嘴的现象。

“区长工作那么忙，还有时间写小说？”

“他一个人一间办公室，关在里面写文章，啥人晓得？”

这样的议论，当时我不可能听到，过了十几年，当时的局长、主任们等已经成了老同事，他们约好了来看我，无拘无束地闲聊中讲到这些情节，都忍俊不禁地大笑起来。

我的笔瘾是戒不掉的，不过是暂时忍忍，总想以后退休了，会有时间过把瘾，但愿如此吧。

实　事

实事在实，就是让老百姓能切实得到实惠。

为民办实事，这是从市政府开始带动起来的，已经开始形成制度。每年，市区县政府都要提出为人民办好几件实事，在人代会上讨论通过，完成情况如何要作检查，如实向人代会作报告，旨在使政府切实转变职能，干部切实转变作风，让人民群众能得到实惠。

南市区地处老城厢，群众生活困难多，区政府更应该为民多办、办好实事。老城厢的“老”字耐人寻味。居民生活中存在的急、难、愁、烦之事，确实不少，区政府理应尽最大努力多办并办好实事。

1988 年，区政府确定要办好十件实事，完成情况怎样，这是我们几位正副区长一直放在心上的问题。

在对实事项目进展情况作全面检查时，其中危房解危 8 000 平方米，包括公房解危 7 300 平方米，房产局积极工作，已完成解危 3 237 平方米，实属不易，但任务还很重，要抓紧。人均 2 平方米以下住房特困户 156 户，解困相当艰难，在抓紧进行之中。建设东街液化气站，新增煤气用户 5 000 户，困难不少，但都在推进中。这些都是各位分管副区长、各有关部门和街道共同努力的结果。

有的项目完成情况却并不令人满意。如建成区残疾人活动中心是十件实事项目之一，完成得不够理想，责任在我。我以前和残疾人接触不多，在区政府文化科工作期间到豫园街道图书馆，馆长身残志坚，给我留下深刻印象。在区残疾人联合会换届选举时，我向区民政局的同志表示，别的社会群众组织我一律不兼职挂名，要兼只兼一个区残疾人联合会的，我想尽可能地为残疾人做点实事。

建设区残疾人活动中心，是列入当年区政府实事项目的，计划投入 25 万元，几经努力只落实了 12 万元，有一户居民还需要动迁安置，成为难点。

在区政府常务会议上，检查十件实事完成情况，我向各有关部门提出要求，对尚在进行中的实事项目必须抓紧进行，个别项目存在的困难，应采取切实有效措施加以解决，确保年内完成实事项目。讲到建区残疾人活动中心这一项，我作了自我批评，表示一定努力争取如期完成。

会后，我和有关部门的同志专门研究了残疾人活动中心的建设等问题。

生　　命

既要善待自己的生命，更要善待他人的生命。

身任区长，也是区委副书记，按分工，我联系区政法委、法院、检察院等，司法局相对去得少一些，联系公安局则稍微多些。政法系统的联席会议我则尽可能参加。

经向区委汇报同意，决定在南市影剧院召开一次有各界群众代表参加的公判大会，公开宣判一批已经通过法律程序的刑事犯罪分子，我在会上要发表讲话。

公开宣判的罪犯中有一名死刑犯，宣判后将立即执行。这个即将面临极刑的人是个年仅 20 岁的男子，此时此刻他是怎样一种神情姿态？

在前往会场的途中，我心情沉重地想了许多，想到黑格尔在《生活的哲学》中讲到过这样一件事：一个被执行死刑的青年在赴刑场时，围观的人群中有个老太太突然赞叹道："看，他金色的头发多么漂亮迷人啊！"那个即将告别人世的青年听了，朝着说这话的老太太方向深深地鞠个躬说：“如果周围多一些这样的人，我也许不会有今天。”

来到会场，问明死刑犯已经押到，一看时间还允许，我决定要去见一见他。

当我走进一间屋中，和他单独面对面时，想不到他朝我看了一眼后，竟然是一副满不在乎的神情，对生命显得毫无眷念和珍惜，反提出了这样的要求：“弄支烟来抽抽！”

我从随身带的烟盒抽出一支烟递给他，想不到他挺内行地瞅了一眼说：“介蹩脚格，来支好的！”

他居然是这样的态度，提出这样的要求，我哪里会想到？但我还是克制了自己的情绪，招手叫来警察，对他耳语了几句，叫他去弄支好香烟来。因为我顿时想到了“临终关怀”问题，对他这样的人，是否可以有一点“临刑关怀”呢？我以为可以有，应该有！

警察拿来了一支好烟，我递给他，他斜眼一瞄点上了，贪婪地猛吸了一口，很过瘾似的。

“你知道今天开的什么会？你将受到怎样的处理？”我看着他若无其事的脸问道。

“晓得，枪毙，一枪头，爽气！”想不到他会以这样的神情、口气说出这样的话！

他猛吸一口后吐出浓浓的烟圈，很过瘾地说：“不像有的人，生病，癌症，多痛苦！多难受！”

我忍不住有些激动地说：“你才几岁啊？这样年轻，怎么这样不珍惜自己的生命！”

“没啥，20年后，我又是一个小伙子了！”

他的这句话，我仿佛在哪本书上看到过，或在看哪出戏时听到过，但讲的人决不是像他这样的神情和姿态，其意蕴和韵味根本不一样！这令我一时说不清是怎样的感受，惋惜？怜悯？恨铁不成钢？无能为力又无可奈何？我陷入深思中。

在目睹这个20岁的小青年押赴刑场时的情形后，我的心灵猛受震撼，心情难以言喻，眼眶不禁湿润了……我在心里对自己发问：他的父母亲人，他的亲戚邻居，现在是怎样的心情？可怜天下父母心？恨铁不成钢？后悔过于宠爱而没重视教育？还有他的老师，对他这样人生的结局，会是怎样的感觉？

公开宣判后，公判大会转入群众大会，主持人说：“现在请南市区人民政府李区长讲话。”

此时此刻，我的情感旋涡还没有平静下来，我迫使自己马上作了调整，迅速镇定下来。有关方面为我准备了讲话稿，事先我看过，并稍作改动，本来打算按稿子念完就结束会议，临时却改变了主意，念完稿子后，我即兴讲了大意如下一番话：

生命对我们每个人只有一次，是父母亲给的，是国家、

社会和亲人们共同扶养、培育成长的，理应肩负起祖国的期望、亲人们的寄托！我们每个人都要十分珍爱自己的生命，同时也要十分关爱他人的生命！

这天夜里，我睡前服了安眠药，一直未能安眠，我无法不反复思索：人民政府对类似今天被执行枪决的犯罪青年，曾经做过些什么？应该为青少年的健康成长，创造怎样的环境和条件？对成长中的青少年，社会怎样才能负起应有的责任？还有怎样的预防、避免犯罪措施？这些问号，在我脑中一直盘旋，难以排解，无法安眠。

公　安

公安，就是为了公民们都能安居乐业。

我任职南市区时的区公安分局局长，是一位颇有个性的同志，他退休多年后与我见面，递过来的名片上赫然印有一个头衔：中华人民共和国公民！这位年逾八旬的不老之人，谈笑风生，他常说，如果老百姓没有安全感，那公安局还叫公安局吗?

按例，区长同时任区委副书记，分工联系政法系统。我联系较多的是区公安分局，有时参加局里的会议，有时跟随民警们去执行任务，同部分干警比较熟悉了，能随便交谈。有位新婚不久的民警下班时间到了常不能回家，妻子每晚都等他，等呀等呀，总要连月亮都快下班了他才回家来。

我于是在一个风清月明之夜，和一位公安分局领导走访民警家庭，听取警嫂们的意见。半夜三更才回家，夫妻共享半个月亮的情况很普遍，我有感而发，写了篇题为《半个月亮》的小文章。春节将临，分局领导走访部分民警家庭的同时，还请来警嫂们和自己的爱人比肩而坐，同桌聚餐，分局领导讲话，情真意切地感谢警嫂们的理解和支持。

和公安民警的接触时间长了，有的已很熟悉，见了像朋友似的随便交谈，刑侦队长王某某就是如此。他是个在红旗下成长的青年干部、共产党员。他所领导的部门被评为市级先进集体，记集体三等功，他本人也深受领导器重，常得到表扬。就是这个在打击刑事犯罪工作中立功受奖，可谓步步高升的人，却在和几个有“前科”、后来成为刑侦队“耳目”的人接触中，放松警惕，被迷惑直至被利用，同流合污，以至为违法犯罪分子开脱罪责，甚至包庇放纵，并从中收受了巨额外汇和人民币，腐化堕落成为一名严重违法犯罪分子，罪有应得，关进了监狱。

面对这样的事实，我自然想到了宋人周敦颐的名篇《爱莲说》中的名句：“出淤泥而不染，濯清涟而不妖。”有感而发地写了篇小文章《“触”淤泥而不染》，意在从这一犯罪案件中吸取应有的教训。这是一个发生在公安战线，对大家都有启迪和警示作用的案例。

由此我和《剑与盾》《人民警察》杂志有了联系，和编辑们成为朋友，还一直担任顾问、评委之类的虚职。

倾　　斜

教育既是育人之根本，就应该得到应有重视。

教育、卫生等系统的工作，由一位副区长分管，他来自教育界，富有经验，这方面的工作我很少操心，他做得很到位。只是因“财政一支笔”规定，我对有关教育工作的相关情况，也有所关注，颇有感触。

所谓“财政一支笔”，是说区里的财政审批，都必须由区长一支笔签字。其实关于财政预算、决算方面的情况和重要决定，都是经过集体讨论决定的。我们从长远发展考虑和本区实际出发，明确财政开支适当向教育事业倾斜，是指投向教育事业的钱尽可能地多一点。这主要表现在两方面：一是年度教育经费要尽可能多一点，用于改善教育设施和条件；二是用于提高教师工资待遇，适当增加教师的经济收入。

就上海的教育事业来说，市和区的分工是明确的，区里负责基础教育方面，也就是中学、小学和幼儿教育，包括托儿所、幼儿园等，经费开支全部由区财政开支。当然，如有教育基础设施方面的重大建设项目，报请批准后，市财政也会给予适度支持。

鉴于本区中小学幼儿园的教学条件和设施相对较差，教师们的收入相对较低，在充分调查研究的基础上，经区里方方面面反复研究决定，财政支出适当向教育事业倾斜。

这适当倾斜的结果，使偏低的教师工资明显地有了提高，个人收入有了一定幅度的增加，受到教师的普遍欢迎，效果比较好，社会反响也非常积极。

区里还有特殊教育性质的工读学校，我比较关注，去那里了解情况，应邀为学生们讲课，且不止一次。“缺萼的花朵”也是祖国的花朵呀，对他们应该给予更多的关心和教育，使他们成为祖国建设的有用人才。

我选择了一个重点中学、一个初级中学、一个小学作为联系点，尽可能抽时间去学校，坐在教室后面听老师上课，课后和师生交谈。逢年过节走访代表性教师家庭，对德高望重的老校长、先进模范教师，怀着敬仰的心情上门访问，听取意见建议，每每都有收获和启发。我在教育系统的工作仅此而已，实属没有做好，自己也不满意。这不能用一个忙字原谅自己。说实在话，我这个渴求教育而未能受到应有的系统教育的人，对教师由衷地尊敬，对教育事业自觉是重视的，只是由于主观努力不够，在任职期间没能尽到应尽的责任。

角　度

"横看成岭侧成峰，远近高低各不同。"

一早去市里开会，车经河南南路，我看到马路上好像躺着一个人，连忙叫驾驶员停车。车停到路边，我下车一看，果然是个上了点年纪的男子，嘴角有些血迹，显然是过马路时被车撞了。

"同志，你伤了哪里？"我俯下身子问。

"疼！这里……啊哟！"他连声呻吟，紧皱眉头。

"赶快，送医院！"我招呼驾驶员。

"市里开会……？"驾驶员提醒一句。

"快，去第二医院！"说着我和驾驶员一起将伤者搀扶着护送到了车里，我从另一扇门上车扶着他。

二院，市第二人民医院，原名上海医院，是上海最早的中国人自己办的一家医院，系区属医院，路近熟悉，很快就到了。急诊室的医护人员马上进行诊治。

“请你们一定要为这位同志的伤，检查治疗！”交待了应该交待的事情，我赶去市里开会。

事后办公室的同志告知：伤者经二院诊治并留院观察后，已经出院，肇事车主无法查到，医药费暂时挂在账上，医院院长说，她会妥善处理好的。

事情就这样过去了。

没想到不久后的一天傍晚，我照例在办公室处理文件，阅读并签署群众来信后，浏览放在桌上的当天报纸，翻到《新民晚报》，忽然眼前一亮，看到有一篇报道，写的是李区长停车护送伤员去医院。写这文章的人是区政府办公室的小戴同志。

小戴同志是本区小有名气的笔杆子，市里多家报社的通讯员，他写的通讯报道之多在全区可谓名列前茅，其积极作用是应该肯定的，可是……我被这个“可是”难住了，怎么说好呢？

下班铃早已响过，我像往常一样踱步来到毗邻的办公室，见小戴同志还在伏案忙碌。

“小戴，还没下班？”我有意使气氛轻快，说话随便些。

“你也是呀！”他笑逐颜开地说。

“今天晚报上发的你那篇文章，把姓李的过奖了！”我笑着说。

“内容有什么不实吗？提法有什么不妥吗？”毕竟是做

文字工作的，他连珠炮似地问道。

“不，我想讲的是角度问题。”我回答说。

他没再吱声，以期待的目光望着我，深吸了一口烟后笑笑说：“角度问题？洗耳恭听！”

我说，这个被撞倒的人，是过马路去菜场买菜的，路口一没有红绿灯，二没有斑马线，车祸难免时有发生，这是一个角度，你其实可以在这方面挖掘一下，写篇有独到见解的好文章。区长这方面的工作没有做好，理应受批评，怎么还可以受到表扬呢？

说到这里，小戴笑了，笑得有些勉强，不很自然。

我也笑了笑说：“从另一个角度来说，区政府在市政建设和交通管理方面也存在问题，能不能安装路栏？设过马路的人行横道线？加装路灯……？”

小戴和我向来说话比较随便，这次交谈也很自然，他喃喃自语：“角度？角度！”同一件事从不同角度看会有不同的看法，这是毫无异议的。

交谈在愉快气氛中进行，因为我们都对“横看成岭侧成峰，远近高低各不同”耳熟能详……

天　　使

白衣天使的纯洁、善良和富有爱心，可亲可敬。

从这次路遇有人被撞，将伤者送到第二人民医院救治，使我想到了救死扶伤，想到了白衣天使，也想到了本区医疗卫生系统的工作情况。

说到白衣天使，人们自然会想到穿白大褂的护士，想到他们的纯洁、善良和富有爱心，救死扶伤，童叟无欺。对了，还有一视同仁地对待！当年我在南京当学徒时，因公外出被汽车撞伤，被路过的卖菜老人送进医院，医生护士即时抢救，没有先要挂号和付钱……

后来我在上海民丰铜丝厂做工，和我搭档上夜班的师傅被机器轧伤了手指，鲜血淋淋，送往医院，医生护士也是马上救治，给我印象深刻！

当然，我国传统的中医中药堪称国宝，从事中医药事业的也令人尊敬。我区在评选劳动模范时，既有医生护士，也有从事中医多年，富有经验和贡献突出者光荣当选；还有药房营业员连续被评选为劳动模范的……

于是我个人认为，白衣天使就是纯洁、善良和富有爱心的医务工作者的美称，他们可亲、可敬又可爱，人们不可对他们无礼呀！

时光荏苒。参加市政协之友活动，有次学唱诸葛亮的唱段，琴师王介禄同志朝我凝望，休息时他走到我面前说："我小时候就见到过你！"

"啊！怎么讲？"我问。

"我父亲王正公，当年在市二医院当中医科主任，你每年春节都到我家来拜年！"

"呵，那我们是老朋友了！"

规　划

审定的规划如同法律，不能随便画画、随意改改。

作为豫园旅游区联席会议主任，我深知这虽是一个临时性机构，但其职责却很繁重，特别是这两点：一是制订豫园旅游区开发建设总体规划，区里通过后上报市里批准；二是筹备建立豫园旅游区管理委员会，确定其职能等等。这对我们来说是毫无经验的全新任务，只能边学边干，向干部群众虚心求教，对此我深有体会。

豫园地区开发建设一直是全区工作的重点，且充满信心，因为市领导非常重视，全区干部群众也积极支持。由于此前我在区文化局工作经常去豫园，和豫园的领导及工作人员比较熟识，情况比较了解。我一直在想，如何充分发挥这座富有特色的江南园林的优势，和豫园商场相结合，使之建设成为具有独特风格和吸引力的旅游购物中心？

成立了以区长为组长的豫园地区各单位负责人参加的

联席会议以来，每周开一次协调会议，协商处理建设管理方面的种种事情，有人说区长成了“老娘舅”，摆摆平。这话说得在理。我深知联席会议是既难合理，更难合法。这，当然只能心知肚明。区长主持下的联席会议是一种临时措施，过渡形式，为的是在这个基础上创造条件，建立豫园旅游商城管理委员会，根本改变“八国联军、各自为政”的局面。这是个有待探索的体制、机制等方面的问题。

根据市领导指示和区里相对一致的意见，我要考虑并解决的是：

定位和规划问题：豫园将建设成为一个怎样富有海派特色的集吃、玩、卖、带的旅游商城（是否设特色宾馆以便住宿，尚议而未决）？规划分三期建设，第一期在方浜路、旧校场路、福佑路、安仁街以内，为核心区域，以后逐步扩展至方浜路、人民路、河南南路以内。

体制和机制问题：多种所有制改革为股份制，成立豫园商城股份有限公司，创造条件争取成为上市公司，发行股票。

国内与国际问题：作为国际大都市的上海，国际友人和旅游者都爱到豫园来观光购物，国内来客更是“不玩城隍庙，就没到过上海”，应该适应这个需要。

班子和人选问题：关键是人，选人才，建班子，这是个难题，为此我物色并初步考察了备选对象，特别是一把手人选，已向区委提了建议名单。

经过反复研究、多次修改的规划，上报市里获得批准了。

区委为加强组织领导，抽调人选，确定了分管副区长。

在以区政府名义向市政府和有关部门上报了豫园旅游商城的规划后，我总在想：这方面的工作还不够落实，不能就此坐等上面批示，我们还要做得更加扎实些！

在这样反复思考和斟酌过程中，一个星期天的早晨，我坐在家里的书桌前奋笔疾书，不是写文章而是写信，一连写了七封，分别寄给市委、市政府主要领导同志，简要汇报豫园旅游商城规划的制订、开发建设的重要意义，请求市委市政府主要领导给以关心帮助。

以我个人名义写的七封信送呈以后，我天天盼望回音。盼望久了难免会产生胡思乱想：这样做合适吗？可以吗？领导同志会怎么看？会不会对我这样的做法认为是“个人行为”？不符合常规？是表现个人？是多此一举？我暗自责怪自己：患得患失！只要有助于工作，不考虑这些！

啊，写给各位领导的信，终于先后有批复下来了。

寄出七封信，六位市领导作了书面批示，有鼓励，有肯定，有指示，也有具体意见，令我非常高兴！还有一位领导同志在开会时当面告诉我：他的意见，已让秘书给有关分管同志打了电话。

领导们这么重视和关心豫园地区开发建设，我们还能不好好工作吗？

这么多领导关心支持豫园旅游商城的开发建设，对我们既是鼓舞也是鞭策。我在适当范围内作了传达，进行学习讨论，当然，重要的是贯彻落实，要看实绩。

两　　桌

争取上级领导重视和支持，至关重要。

新时期以来，来上海的国际国内客人日益增加，原有的国际饭店、和平饭店等总挂客满牌，中外客商有的不得不到苏州、无锡、南京住宾馆，来往于上海办事情。

市有关领导根据这一情况，引进技术和人才，建设了华亭宾馆，大胆委托国际管理企业管理。开张以后，市里有些重要会议也就放在华亭宾馆举行。

这天，按通知要求，我穿西服、系领带，脚穿锃亮的新皮鞋，正装来到华亭宾馆，参加市里的外商投资项目签字活动。说到着西装、系领带，对我来说还真不会也不习惯，我还以此为题写过文章呢。

走进华亭宾馆，果然眼前一亮，灯火辉煌，一股现代气息扑面而来。

今天举行的是一个中外合资项目签约仪式，出席的外宾据说都是国际著名金融、实业界人士。会议期间我偶然听到说，市长打算宴请国际友人，但还没有确定放在哪个宾馆。

言者无心，听者有意。我顿感这是一个极好机会，争取让市长到豫园来宴请外宾，这对加深市领导对豫园的了解，让高层外宾留下对豫园的印象，在全球新闻媒体作用下增强豫园的知名度，都极为有利。于是我就寻找方便时机，对市长秘书李伟同志说："建议市长在豫园宴请外宾，我们保证做好一切服务，使市领导和外宾都满意！"

李伟同志凝视着我，听后问道："放在豫园？客人都是重量级的国际朋友，你们以前接待过吗？"

"没有。"我如实承认。

"这次你有把握接待好吗？"

"有！"我满有信心地回答。

其实，那时我还没有十分把握。但已说出去的话，如泼出去了的水，收不回来了。不言而喻，我是想借此机会提高豫园旅游区的国际影响，特别是让市领导对豫园加深印象，有助于刚上报的豫园开发建设计划得以批准。

"我把你的建议向市长汇报。"

我点点头说："谢谢李伟同志帮助。"李伟同志真的对我很理解、很支持。

此后，我马上来到豫园，先找绿波廊餐馆经理周金华，征求意见。他是接待过大领导、见过大场面的人，一听我说争取市长的两桌宴请外宾到豫园来，他显然毫无思想准备显，得有些犹豫，说了句："没接待过这么高规格的呀，恐怕……比较困难。"

"有困难我们一起研究解决。有问题我负责。机会很难得，不能放过！"我态度明朗。接下来所谈，是从接不接待转向怎样接待好。

"我负责餐饮，开几个菜单供领导选定。"周经理说。

我对随行的办公室人员说："为做好这次接待工作，要专门开个有关单位和部门负责人会议，参加人员的名单、议题，你们准备一下，尽快！"

正当我将要走出门时，周经理追上来说："这两桌放在哪里？我们店里的餐厅恐怕不符合要求，客人又这么多，进进出出的太嘈杂，恐怕不行呀！"

确实，这里环境、安全、卫生等等都是问题，怎么办？那就分头考虑，拿出预案，在会上一起研究决定。

过程不必细述了，这里我只想讲一讲当市长最后决定宴请外宾放在豫园后，我和有关同志既高兴又紧张，立即召开了专门会议，我开门见山地说："接待不好，我们挨批评事小，影响全市工作事大。现在没有退路了，我们也不要退路，只有一条路——想尽一切办法，克服一切困难，

和豫园商城负责人程秉海（左）合影

确保这次接待任务圆满完成！”

宴请在豫园里面的绮藻堂楼上最为理想，环境既安全又安静优雅，问题是从绿波廊厨房做好的菜送到绮藻堂，要绕一段路，很不方便，且菜也冷了。

面对难题，集思广益，大家提出种种解决办法，权衡利弊，最后决定在绿波廊餐厅开一道通向豫园内园的小门，将做好的菜即时送上餐桌！

现场侦察，果然是最理想的方案。当机立断，我分别向有关领导传达了这一决定，马上准备动工，很快开了一道小门，解决了难题。这方便之门，被戏称为“胡志明小道”，遇有类似高规格宴请，就会打开这扇方便之门，以后直到我写这段文字时，习近平总书记在上海出席国际会议，夫人彭丽媛在豫园宴请女嘉宾，也是将绿波廊做好的菜肴通过这条小道送上餐桌的。

市长的宴请结束后，我和我的同事心上的一块石头也落地了，看着市长面带笑容和客人握手道别，我悄悄地问他：“怎么样？”

“蛮好。其他菜都好，挺喜欢吃，就是有一道菜动也没动。”

“哪道菜？”我忙问。

“黑乎乎的，好像是红烧甲鱼吧？”

“啊呀！我……”顿感失职的我，研究菜谱时怎么这样粗心大意，怎么没想到西方客人的饮食习惯呢？我脸上火辣辣的，肯定有些红了。

这次因市长宴请贵宾而开通的“胡志明小道”，一直沿用至今。

议　　案

抢救古城墙大境阁迫在眉睫，使我提了议案。

当选为南市区区长后，经区人民代表大会选举，我当选为上海市人民代表大会代表出席市人代会。我考虑如何充分发挥一名市人民代表的作用，和本区各位市人大代表一起，代表南市区人民发言，为南市区的建设事业作出应有努力。

上海老城厢所在地的南市区，文物古迹比较多，经初步了解，值得存留并妥加保护的至少达 36 处之多，有的现今已处于濒临危险状况，急需抢救。例如仅存的一段古城墙以及城墙上面的大境阁，极具历史文化价值，尚未得到应有保护。

经反复考虑并征得了一些人民代表的赞同，在上海市第八届人民代表大会第三次会议期间，选择一个安排代表们看电影的中午时间，我邀请有关市人民代表到古城墙大境阁幸存下来的遗迹实地参观察看。

事先准备好了一辆大客车停在会场门口，我恭候各位报名参加的人民代表上车，车厢里很快坐得满满的，议论得热气腾腾。

有的说，以前只知道北京、西安、南京等城市有古城墙，哪晓得上海也有。

有的说，中华路、人民路我走过无数次了，想不到却是填了护城河后，筑起来的环城马路！

还有的说，怪不得11路无轨电车绕城开，居民们一直叫“环城圆路”，没想到小北门大境路口有一段古城墙。

到了，代表们下车，身临其境。面对古城墙大境阁，看到里面拥挤着塑料厂等四家里弄生产组（集体小企业），还有10来户居民居住，使用煤球炉等明火，存在的隐患与潜在的危险，令人皱眉惊叹。代表们纷纷表示：应该尽快采取抢救性保护措施，以免这一有独特历史文化价值的珍贵遗址遭受毁坏！

在回程的汽车上，代表们献计献策，要提交一份抢修古城墙大境阁的代表议案，实际上这份议案私下里我们已酝酿成熟了。

由我和陈业伟、包起帆、仲伟林、卢国生等代表向大会提交的《切实采取措施保护和开发老城厢文物古迹》的议案，要求重点保护的是古城墙大境阁、徐光启故居和书隐楼。

会后，市人大常委会于6月1日为此召开了有市建委、市规划局、市文管会、市法制处和南市区政府等部门单位参加的会议，大家对此都相当重视，表示要齐心协力地做好保护工作。

市政府副秘书长卢莹辉同志深入现场了解情况，刘振元副市长主持召开现场办公会议，将抢修古城墙大境阁列入了工作计划，决定拨专项资金200万元。

我们又将此情况专题报告市委宣传部领导，在陈至立等同志的关心帮助下，促成市有关文化基金，为支持抢修古城墙大境阁拨款150万元。

这对南市区干部群众是极大的鼓舞和支持，对抢修老城厢文物古迹起了决定性的推动作用。

这笔钱来之不易，一定要专款专用。为尽快做好抢修古城墙大境阁的工作，我们抽调人员建立了指挥部，使抢修工程有了个良好的开端。

想不到就在这时，在区里召开的一次会上，有位领导同志在会上提出，区机关干部住房困难情况严重，建议将这笔资金用于改善他们的住房困难，以便调动干部们的积极性。

这太出乎我的意料了，一时情绪有些控制不住，陡地站起来要针锋相对地发言。刹那间，我掐了一下自己的大腿，疼！随之控制住火气，竭力心平气和地说：“打油的钱，不能用于买盐呀！专项拨款尚且不够，更不能随便挪作他用……”

随后便成立了《南市区保护老城厢文物古迹基金会》，为保质保量完成古城墙大境阁的抢修，我提出在全区党员和机关干部中开展自愿捐助活动。至于机关干部住房，确实相当困难，区政府已开始将保屯路中山路口一处垃圾堆场迁走，场地清理以后，开工建设机关干部住房。

委婉地说明情况，不是声色严厉而是心平气和，以理服人，取得了较好的效果。这态度问题，今后我应继续保持。

排除了干扰，抢修古城墙大境阁的工程，很快开始启动了。

益　　友

"天之道，利而不害。人之道，为而不争。"

区政府工作确实太忙太累，不像在区委统战部时能抽出时间到各界朋友家里拜访，和他们促膝谈心，但我总惦念着老朋友们，想忙里偷闲再次去走访他们，听听他们对区政府工作的批评和建议，特别是对我本人工作的批评意见。

这天早上，天高云淡，空气清新，我来到张老先生家。他新近搬迁到浦东的新居，二楼套间，比在董家渡路的老房子宽敞多了，有书房、卧室和客厅，张老和夫人仇女士向我一一介绍新居，喜形于色，口口声声感谢党和政府的关怀照顾。

张老是一位耄耋老人，阅历丰富，知识渊博，思路敏捷而健谈。他告诉我，搬家住到这里，家里的书也得到改善，整整齐齐地放书橱里，挺精神的样子，看了心情舒畅。

我连连点头，表示深有同感。

我们边品香茗边随意闲聊，话题很自然地转到他去台湾探亲的见闻，会见了多位久违的老友和故交，久别重逢的欣喜情景难以忘怀，对两岸一家亲彼此认同，共同的愿望是能在有生之年，为实现祖国统一，增进同胞福祉，尽自己的绵薄之力。

张老是引荐陈春先生为文庙捐赠孔子铜像的牵线搭桥之人，为文庙孔子铜像题写碑文的书画家仇女士是他夫人。

我们三人无拘无束地交谈，看似漫无边际，信马由缰，随心所欲，其实字字句句都凝聚爱国之心，同胞之情。当我有意识地向张老和仇女士征求对我选为区长后工作的批评意见时，他俩异口同声地说："老朋友了，知无不言。"张老凝神略有所思地说："我们都在关注新一届区政府的工作特点，从在环城圆路公交车站建候车亭，在城隍庙丽水路口和文庙路口建设牌楼，特别是积极争取在文庙立孔子铜像，在市人代会呼吁抢修古城墙大境阁……这一系列的事实决非偶然，它与主政的区长之学识修养和执政理念不无关系。"

我静静地竖耳恭听，不想冒失地打断他的话，他却不再言语，盯着我看了一阵后才接着说："儒雅是可贵的，但不等于懦弱！"张老沉思片刻后，又缓缓地说："天之道，利而不害。人之道，为而不争。"

我们从是否在文庙设孔子铜像谈到孔孟之道，从孟子说的上述语录说到和孔子所说“君子无所争”之间的关系，都认为两者其实是相通的。我深有体会地说：“这里的‘为’是作为，人民公仆应该有作为，力争大有作为，不能不作为，更不能乱作为！而争，不争，不为个人名利得失而争，也不为少数人之一时私利而争……这样的为人和为官才是理想的至高境界，这高，并非高不可攀也！”

上述孟子和孔子的话，以前我似乎也听到过、读到过，但印象不深，理解不透。这次经和张老结合谈对区政府工作意见，语重心长地提出意见建议，使我的心灵受到震撼，忙拿出钢笔记在随身带的小本子上，当然更要求自己记在心上。

握别张老夫妇，走在回家的路上，我一遍遍地默念着、琢磨着：天之道，利而不害。人之道，为而不争……

文　　朋

文朋书友，贵在志趣相投、心灵相通。

写到这里，我想应该记述几位文友。

首先想到的是如水之交的陆文夫先生。我与他原本素不相识，是文章为媒介，让我有幸认识了他，并心怀敬佩。那还是50年代中期的事了，作为上海市青年文学创作小组小说一组副组长，有天晚上我按通知来到巨鹿路的市作家协会东厅开会，讨论陆文夫的小说稿《小巷深处》。我们虽未晤面，但我读了他的文章，对他的文笔、他的构思布局，已心怀敬佩，暗自要向他学习。

想不到我们一直无缘谋面，我一直关注着他的信息，知道他也因文惹祸，戴上了右派分子的帽子。

60年代有个“三年困难”时期，强调调动一切积极因素，要化消极因素为积极因素。这时我在桂林榕湖畔的广西第一图书馆，偶然从《人民日报》副刊上看到陆文夫的

和陆文夫（右）在一起

小说《葛师傅》，令我眼前一亮，为他惊喜，为他高兴，似乎还因此见到了曙光，感到有了希望。

可是，瞬息的暗喜过后，仍是一片茫然。直到曙光东升继而春常在，我们才都得到改正，恢复了尊严，姑苏城喜相逢，酒逢知己，话也知心。此后我们之间的如水之交，虽淡而情真。他的力作《美食家》，我常常拜读，读他的书，学他的经验。我写过拙文《小巷深处访美食家》，确信老陆自己就是一位真正的美食家。

当病魔折磨着他的消息传来，我连忙赶到苏州，在他家中和他推心置腹地谈心，想不到这竟成了我们的最后诀别！

写到这里，我从苏州联想到作家孙树棻的新作《姑苏春》，发表后电台连播。当时我在南市区政府工作，孙树棻找到我的办公室，自我介绍说他本是南市区的中学教师，“喏，送你一本新书《姑苏春》，请你写篇书评！”他快人快语，给我留下了深刻印象。我从未写过书评，只好婉言谢绝，甚至说了请他“不要赶鸭子上架”这样的话，可他执意不允。此后他又出版了长篇小说《晴川路 12 号》，我读着读着，脑海上映现出他骑着辆摩托车到处跑的形象，“勤奋的驽马”几个字忽地跳了出来，于是就写了以这五个字为题的小文章，发表于《文汇报》。他读后，马上骑着摩托车来找我，劈头就说：“你是第一个写文章评论我作品的人，谢谢侬！”

是的，我还写过《眼睛篇》，记述我敬重的老作家赵自老师对我的教诲；写过《青春的握手》，记述和王蒙同志的如水之交。

我对文朋书友心存感激和怀念，随着岁月流逝，越发思念！

“白　　相”

“到城隍庙白相什么？怎样白相得满意？”

“白相”，在上海话中是玩的意思。“白相城隍庙”，就是到城隍庙玩。这是上海人的一句口头语，也是不少上海人的一种生态。有事没事到老城隍庙去白相，来了亲戚朋友陪同到老城隍庙去白相，对上海人来说是日常生活习惯，家家如此，代代相传，唯有“十年动乱”除外。我和老城隍庙有缘，工作生活在上海的岁月，都在老城隍庙及其周边地区，何止只是白相？

“不到城隍庙，等于没到过上海。”这是国内外游人的一句口语，意为到上海必到城隍庙去玩，没去城隍庙玩，不能算是到过上海。这成为世界各国友人和游人，作为到过上海的一条评判标准。

“以后让来老城隍庙的中外游客白相什么和怎样白相呢？”这是我和我的同事正在不断思考的问题，也可以说是面临的一个难题。要用实实在在的工作成绩和可触可摸的面貌变化来加以回答。

一个星期天的上午，我独自来到老城隍庙，面对如潮的人流，耳听南腔北调的说笑，心想：这里似乎有种磁铁般的吸引力，慕名而来的国内外游客，会留下怎样的印象？带回去怎样的观感呢？他们回到全国各地和世界各国后，会对上海老城隍庙有怎样的描述与评价呢？

我独自走在旧校场路上，顾名思义，这里应该是当年校场点兵的地方。随着时光流逝，当年的校场景物都早已不复存在，走着走着，我忽发奇想，当年的县城里应该有上海县的县衙门，衙门口应该有门当、户对，还有肃静、回避牌啊，要是能寻找到当年的县衙遗址，将其原封不动、原原本本地再现，向今人展示，游客一定会有兴趣，对后代也不失为是一个富有历史文化蕴含的景观。

不经意间来到了九曲桥堍、荷花池畔，面对池内静静的水面，据说在动乱年月造反派夺了权，将荷花池水抽干，在池底铺上了水泥，生态被彻底破坏了。

我驻足凝神，记得古籍曾有记载，方浜，原本是一条连接黄浦江的活水浜，水流经老城隍庙内荷花池后，回流到黄浦江，一直如此，川流不息。

我忽发奇想，如果恢复方浜原貌，小船载着游客在水上悠然荡荡，会比去周庄乘船在小河里还要好白相……兴奋异常的我，请来了小东门街道的负责同志李关德，陪我沿方浜中路到方浜东路走到黄浦江边，兴致勃勃地看了半天。但毕竟要考虑可行性，我冷静地想想，放弃了这个不甚可行的念头。

在老城隍庙东走走，西看看，似乎漫不经心，其实是有所寻觅，有所思虑。忽然听到刺耳的汽车喇叭声连连响起，接着是人声嘈杂地吵起架来，只见小轿车驾驶室里跳出一位小伙子，气呼呼地对两个手拎包袋的游客大发脾气，外地游客莫名其妙地惊愣着，陪同外地客人的上海人则和司机吵了起来，双方都声嘶力竭，互不相让，眼看就要拳脚交加。

我忙上前劝阻，好不容易才平息下来。之后我却无法平静，尤其是驾驶员气呼呼地一句话令我深思："只晓得赚钞票，不肯花钱造个停车场，人挤车撞的，迟早要出人性命！"

面对如此状况，听着这样议论，身为区长的我，又是豫园旅游区联席会议主任，怎能不脸红耳热？我感到肩上沉甸甸的，心中忧虑着一个个难题，停车难，只是许多难题之中的一个。

前来豫园游玩的国内外游客日渐增多，解决机动车停车问题是当务之急，必须搞一个建设停车场方案，争取尽快付诸实施，可区里财力有限，怎么办？

全区广大干部群众对豫园旅游区建设十分关注。有的同志听说豫园旅游区迫切需要造一个机动车停车场，主动提出意见和建议，献计献策，区财力有限，要争取市和国家旅游局支持。为此，我们几位区长多次商量，和有关职能部门研究，决定就豫园建机动车停车场，拓宽思路，探索途径。

豫园旅游区联席会议的同志操心劳神，经多次讨论，决定以区政府名义向市政府提交一份关于请求国家旅游局拨款支持豫园旅游区景观建设和增添旅游配套设施的报告，争取市领导批示后，呈送国家旅游局。

戏　　台

豫园戏台修后首演，请市长看戏成了问题。

豫园内园的古戏台，原本是闸北区塘沽路钱业会馆的“打唱台”，市政动迁时拆除，拆下来的所有木料，经市有关部门批准移放到豫园，准备在内园重建。由此可见，老城厢里的干部群众保护历史文物古迹的意识是比较强的。

当年我从外地回到上海，先在区政府文化科工作，知道了拆卸后运来堆在豫园内木头的来龙去脉。何时重新安装复原？具体安装在何处？需要哪些配套设施？经费多少从哪里来？一连串问题，常听领导同志在议论，在想办法。可见古戏台的重新亮丽登场，是南市区政府特别是文化部门和豫园管理处的干部职工多年共同努力的结果。

如今古戏台旧貌换新颜，特别是戏台拱顶式木构件不仅照旧复原，而且重新贴上了金箔，用去了六两多纯金，外观闪光耀眼，音响效果极佳。

古戏台首场演出的准备工作，紧锣密鼓地在进行之中。

我和同事们考虑着一个个问题：是否邀请市长来看戏？以什么名义？通过怎样的渠道邀请？成功的可能性有多大？如果市长来参加的话如何接待？

商量的结果，一致认为应该请。理由不言而喻，市长对豫园开发建设很关注，他喜欢京剧，通过请市长来参加这个活动，使他对本区有更多更直接的了解，进而对我区工作特别是豫园旅游区开发建设给予更多的关心。

这事只能托市长秘书李伟同志给予帮助。上次市长在豫园内绮藻堂楼上宴请国际友人，就是他促成的。想不到这次我托他却被婉言拒绝，他说市长同志这么忙，哪有时间来豫园看戏啊？我看你就不要请他了。

我感到他不是坚决拒绝，带点商量的口气，顺水推舟地说："是啊，市长这么忙，请他忙里偷闲来看看戏、散散心，正是积极的休息啊，你就帮忙请请他，看看他怎样？"李伟同志说："那就试试吧。"

邀请手续都办了，准备工作在紧张有序地进行，市长是否来看戏，没有得到最后的确认，这是最让人焦心的。

一切按市长来参加古戏台修复后首场演出，做好了准备。

我在现场东走走西看看，不时看一下手表，直到下午三点半才接到李伟同志打来的电话，通知如下：

豫园古戏台

一、市长今晚来豫园看戏。

二、他的夫人一起来。

三、让李伦新区长坐在一旁。

这，一律不要报道！

我听了高兴之余有点担心，要新闻媒体一律不报道，怎么办？我当即找来办公室有关同志商量，当即决定了两条：

一、对来豫园采访的每位记者明确提出要求，请勿提及市长来豫园看戏，此后市长会到豫园检查指导工作，届时再追说。

二、由我负责和各新闻单位领导同志打电话，说明情况，请求帮助，不在报道中提及市长来豫园看戏这一节。

我在门口迎接，陪同市长和夫人来到豫园，走进曲苑，登上古戏台对面的观众席上。演出启幕前，我向市长介绍：这古戏台原来是在闸北区塘沽路上的钱业公会的“打唱台”，1974年因市政动迁，拆下后拟移建到豫园，后由园林专家陈从周先生设计，将“还云楼”与之联为一体，形成富有江南特色的“曲苑”。“曲苑”二字，是陈从周教授所题，戏台两侧的楹联“天增岁月人增寿，云想衣裳花想容”，由俞振飞先生题写。

演出开始后，市长和夫人饶有兴趣地观赏上海戏剧名家的精彩演出，我们仅有轻声而简短的几句问答式交谈。

看来市长对古戏台的演出效果比较满意，特别是对音响效果颇感兴趣，我悄声地作了简要介绍：古时没有扩音设备，戏台离观众席有一定距离，怎么能让观众听得清楚？于是就创造了戏台顶部的藻井式构造，悬排内缩的斗拱交织成网状的伞盖顶棚，贴上金箔，配以戏台下面空的大陶缸，构成了外观壮美而又余音绕梁的效果。

“戏台顶部藻井式构造有这么好的音响效果？”市长轻声问。

“可能这和全部用金箔贴面有关。这次装修就用了六两纯金的金箔。”我轻声答。

“足见我们祖先早已在运用声学原理了。”市长笑着说。

……

我在送市长和夫人走出“曲苑”离开豫园时，看到两人还在兴趣盎然地交谈今晚的演出，显得步履轻捷，我原本想向市长提请关心豫园建设之类的话，就没有说出口。

文　物

保护文物古迹有责，损毁文物古迹有罪。

1979年重回上海，分配在南市区政府文化科工作，对上海老城厢的历史文物古迹有所接触了解，豫园、文庙是文化科直属单位，经常去联系工作，有时还去参加劳动，揩灰扫地，和员工们很熟识，情况比较了解。

后调到区委统战部工作两年有余，对上海老城厢的寺庙道观等宗教活动场所去的机会比较多。据说当年上海老城厢范围内的宗教活动场所有105处之多，如今乃属五大宗教俱全的地区，富有影响的如城隍庙、小桃园清真寺、董家渡天主堂、沉香阁和白云观等。

上海人民反对帝国主义扩张“租界”的斗争纪念地——四明公所血案地点，在人民路852号门前。上海工人第三次武装起义工人纠察队沪南总部所在地三山会馆，据说周恩来同志曾亲临指导，尚健在的当年工人纠察队队

1989年9月26日三山会馆修复对外
开放，作者出席并讲话

员给予证实。而中共地下党当年创办的上海书店，也是秘密联络点，多位党的负责同志曾经在店内工作过，其遗址在小北门人民路上。

到区政府工作以来，我总感到本区地处上海老城厢，特点之一是历史文化遗址较多，革命遗存丰富，区政府负有重要责任，必须在调查核实、摸清情况的基础上，统筹规划，采取有效措施，加以妥善保护，发挥其应有的积极作用。如果在这方面不负责任，放任自流，使历史文化遗存遭受破坏，将会造成无法挽回、不能弥补的损失，那就是犯罪，当事人是不可饶恕的罪人。

为此，经区长办公会议研究，召开了有关局委办负责同志参加的专题会议讨论，一致认为当务之急是开展一次全面调查，摸清情况，有针对性、有计划、有步骤地开展保护工作。

在分管副区长和文化部门领导的积极努力下，全区文物古迹普遍进行调查，摸清来龙去脉，特别是目前状况，在此基础上提出保护措施和处置意见。我记得，经过调查，全区列入保护范围的文物古迹共有36处，其中豫园和文庙，因知名度高、影响大，市区有关单位比较重视，在保护和维修基础上向群众开放取得较好效果。其余只有古城墙大境阁的抢救工程正在引起关注，可望在克服重重困难中进行保护维修。而大多数文物古迹，如徐光启故居九间楼、商船会馆等等，尚待摸清情况采取保护措施。

书隐楼，一座富有特色的古建筑，因年久失修已成危房。我去察看时，和其主人郭老先生有过接触，坦诚交谈，他也日夜提心吊胆，生怕一旦倒塌，再也无法挽回，不但造成损失，还甚感上对不起祖先，下对不起子孙！我还进一步了解到，郭氏家庭有五房后人，享有此房屋继承权，其中有的已移居海外，有的虽在上海并不住在老宅，只有郭老先生和儿子住在里面。抢修需一笔可观经费，但首先必须明晰产权。

经和市、区有关部门负责同志多次研究，找到了一个比较可行的处理办法：由区政府出面协调，区住宅办公室拿出六套新工房交给郭家，置换书隐楼的产权后，聘请郭老先生为顾问，立即开始抢修工程，同时确定郭老先生作为应聘顾问，可以一直住在书隐楼里面。

本以为这个方案郭家可以接受，我已在考虑抢修的具体方案，以及修复后打算可否作为抗日战争期间“南市难民区”的陈列馆，因为据我所知，“八·一三”抗战爆发，日本侵略者的轰炸、烧杀造成大量无家可归的难民，如潮水般涌来，最高峰时达到“七十万人左右”，成为严重的社会问题。8 月 18 日，上海国际救济会成立，饶家驹先生任救济组副主任，在他的奔走倡导下，“南市难民区”于 11 月 9 日正式成立……

可叹的是，书隐楼解决方案未能获得郭氏家人的一致同意，“南市难民区”史料展览也未能如愿进行。

至今想来我还甚感遗憾，为自己未能做好应做的工作不无愧疚，对书隐楼的安危，牵挂之心和担忧之情总挥之不去。

《解放日报》等新闻媒体对这次老城厢文物古迹的摸底调查非常重视，作了专题报道。报道中对地处乔家路上的徐光启故居、小南门天灯弄的书隐楼，以及商船会馆等文物古迹，呼吁给以切实保护。

我也在市人代会的发言中，吁请市领导和有关部门给予关注，切实给以有效保护！此后市有关部门确实也开始有所重视，无奈并没有得到根本改观。

区宣传文化部门的同志发挥了高度自觉性和积极性，在这次调查及以后的文物古迹保护工作中，主动热情，积极负责，特别是顾延培、施海根等同志，发挥了重要作用。

市　　场

找市长还是找市场？不是一个简单的选择题。

区政府办公室的同志来说，接到市政府工作人员打来的电话，市长要来南市区检查指导工作，要做好安排，保持联系。

我们立即进行准备，特别是汇报材料、视察路径、陪同人员等，一一抓紧安排。

这天早上，我和同事们提早来到机关，再次检查各项准备工作。就在等待市长到来的时候，区公安分局值班室的同志打来电话，说刚才接到正在十六铺值勤的民警报告：市长一行已经到农贸市场视察了！

太出人意料了，我当机立断，让驾驶员开车马上送我赶往十六铺。

十六铺是耐人寻味的地方。据传唐天宝年间，在今青浦东北的松江南岸，出现了一个名叫青龙的集镇，由于这里处在踞江瞰海的地理位置，构成了内航海运的优越条件，到宋代已相当繁盛。宋代后期，由于松江上游淤浅，下游缩狭，青龙镇遂趋荒落，海船改泊于上海浦边，即今小东门十六铺浦边，使这个聚落迅速发展。南宋咸淳三年（1267），此处形成集镇，因地处上海浦西，故称上海镇。此后15年，即至元二十九年（1292），经松江知府奏准，设上海县，县署初设宋代榷货场旧址，后迁市舶司署地，位置应在南市老城厢内或周边地带。我正在想着寻找这些旧址，特别是上海县县衙门遗址。

十六铺农贸市场所经历的起伏、兴衰，特别是建国后的几次大起大落，对认知计划经济和市场经济问题极具典型性，也许这正是市长一早就亲赴十六铺农贸市场视察的缘由吧。看来就在我们身边的市场经济，却从熟悉到陌生，又要重新去认知了。

我下车步行在黄浦江畔，只见早市已经很兴盛，人流量很高，轮船码头和市轮渡近在咫尺，显得拥挤和杂乱，环境和秩序也比较差。我心想，早知市长要来这里视察……来不及了，我有几分担心。坦白说，我不是担心市长的安全，而是想到让他看到如此脏乱差情况，肯定会受到批评。

不同寻常的热闹场面，使我放慢了脚步，保持一定距离地跟随在市长一行后面，只见他看蔬菜，问价钱，和商贩聊着什么，有时还蛮有兴趣地和商贩说说笑笑。

“你怎么来了？”市长有些意外似的看到了我，问。

“知道市长来这里了，才赶过来的。”我照实说。

“来了就一起看看吧。”他说着，继续蛮有兴趣地边看边和商贩交谈，有时也向来购物的市民问些价钱贵不贵、质量好不好之类的问题。

市长秘书李伟同志和市长耳语了几句，结束了在十六铺集贸市场的视察，来到区政府开会。

我在汇报区政府工作时，有意识地将重点放在豫园（老城隍庙）旅游区的综合开发和南浦大桥建设进展情况，及其带动效应和存在的困难、问题上，提出了要求和希望……市长仔细听着，有时笔记，有时提问，可以看出他特别关心市民的菜篮子、米袋子等实际生活问题。在听了汇报后的讲话中，他特别强调政府要为老百姓解决生活方面的实际困难问题，菜篮子、米袋子当前特别要抓好，对十六铺农贸市场这样物流渠道应该引起重视。

在陪市长到会景楼上俯瞰区景时，我见他看着看着皱起了眉头，感慨系之地说：“建国这么多年了，老百姓还住在这样低矮、陈旧的房子里，我们的责任很重啊！”

“‘十年浩劫’，南市区没有造过一平方米新房子，至今没有一幢高层住宅楼！老城厢本来少有的一点较好房子，都被造反派头头强行占有了！”我口气有些气愤地说。

沉默，发人深思的沉默。

沉默过后，市长若有所思地对我说：“我们肩上的责任重啊，要探索新形势下如何发挥市场作用，发展市场经济，要努力让老百姓尽快改善生活特别是居住条件，但你们试点的引线弄改造危房工程不要再搞了！”

“这……为什么？”我愣住了。

“那个标准太低，用不了几年，又要再改造了！我们建设现代化的大上海，就要尽可能地建造现代化的市民住宅！”市长动情地说。

中午用餐前，市长再次提醒我，要严格按照“四菜一汤”公务餐的标准。

这一点，我们是严格执行的。市长和区有关干部共进午餐，他一改我印象中极其严肃和严厉的形象，边吃边说笑，还不时幽默一下，使我悬着的一颗心放下了。“四菜一汤”没有超标，等于给我们发了“合格证”。

然而对区政府的工作，市长却没有发给“合格证”。他在会上的讲话，特别是同我个别交谈时，一再强调要我们继续解放思想，敢于突破，大胆创新……市长从正面提要求，实际是指出了我们工作中存在的不足。

“跑　　部”

第一次进京会见部长，面见京官，值得一记。

经豫园旅游区管委会反复研究，一份长达五页的正式文件形成了，这就是《上海市南市区人民政府关于请求国家旅游局拨款支持豫园旅游区景观建设和增添旅游配套设施的报告》。

按行文规则，经区委、区人大、区政协主要领导同意后，上述报告呈送到市人民政府。

除行文规则外，还需要努力争取，如果说这是“潜规则”的话，只要不是图谋私利，我想是可以运用的。如上述报告呈送以前，我们先送了一份给市政府秘书长万学远同志，并得到了市领导的批示。

刘毅同志时任国家旅游局局长，何光玮同志为分管副局长。有了市领导的这个批示，有了这份文件，对我们的工作既是支持，也是鼓励，更是鞭策。

在这样的情况下，是向国家旅游局呈送公文，坐等批复，仰首等待好消息；还是更加主动积极地去做好工作，促成落实，我和同事们进行了认真商量。

显然，市领导的批示是对我们工作的极大支持，但不等于已经成功，下一步怎样争取国家旅游局领导的理解与支持，难度更大，我们毫无经验，只有去摸索。

正在这时，我接到要我去北京进中央党校学习的通知，何不趁此机会，去拜访国家旅游局领导，当面汇报，争取他们的了解、理解和支持！

为此，我和豫园管理处的领导同志商量，大家一致认为：首先要争取得到市旅游局领导同志的关心和支持，由他们指导帮助怎样去国家旅游局“公关”。当时“公关”还是一个新名词，想不到没多久就流行开来，成了时髦的流行语，有了“公关学”，成立了“公关学会”，此系后话。

我决定前去市旅游局拜访局长，争取他的指导和支持。我想，自己没经验，就要虚心求教；自己没实力，就要学会磕头求助。为了不使人民代表后悔投了我的赞成票，我一定要为全区人民办点实事、做点好事。我请来了市旅游局局长等人到豫园视察工作，他们给予热情指导，具体帮助，不但对解决停车场难题为我们指明方向，还初步讨论了举办豫园旅游节的打算，后者在上海是开风气之先的一个举措。

到了北京向中央党校报到后，豫园的两位同志随后赶来北京，我们一起应约前往国家旅游局拜访，得到何光暐副局长的热情接待。不可回避的一个细节是：该带什么礼品？这可是颇费思量的一个难题，很费了一点心思，最后决定带一只豫园特制的紫砂茶壶为纪念品。带去的重要文件有市长批示的《上海市南市区人民政府关于请求国家旅游局拨款支持豫园旅游区景观建设和增添旅游配套设施的报告》，以及有关豫园开发建设的资料、停车场的规划设计和项目预算等文件。

何光暐同志听了汇报，看了文件，仔细询问了一些情况，对我们表示了很有分寸的支持与指导，这对我们已经是很大的鼓舞了。

党　校

“党校姓党，老师姓严，学员姓勤。”

近日和叶辛同志相聚，喝他自带的茅台，酒助谈兴。话题从他近日赴京出席习近平同志主持的文艺座谈会谈起，自然地谈到了当年我们一起在中央党校学习时的情景，相遇相识以来的如水之交，彼此感慨良多。

我们虽然都是上海籍学员，却是从天南海北来到北京，同驻中央党校学习，相聚皆以上海方言交谈。他是来自贵州省文学艺术界的知青作家，我是上海市南市区区长，因而分别安排在不同的干部培训班学习。初次见面是在晚自习时，他独自来到我的寝室，相见当然还不相识，互通姓名以后，一见如故似的紧紧握手，相对而坐，随意交谈。

心怀文学梦并尽可能坚持业余写作的我，对知青作家叶辛同志的创作是关注的，他写的小说《蹉跎岁月》等作品我是读过的，直感富有真实性和感染力。我们都为这次

中央党校学习，上海学员合影

在中央党校相会欣喜有加，话题自然总离不开学习和写作，交谈无拘无束又随便自然。

这期上海学员出发前，市委组织部召集我们开了个会，部长向大家提了要求和希望，并指定我负责和学员们联系，所以互相之间常有来往，星期天有时还集体参观活动，叶辛也积极要求参加，似乎成了上海学员小组不在编的组员。过从甚密，他来我往，同为作协会员的我俩，话题离不开文学阅读和创作。我去他的寝室，常能看到他书桌上都是稿纸，可见他学习之余还在写小说。我也在练习写中篇，我们有很多共同语言，交谈中我不忘向他讨教创作经验。除此之外，话题多是围绕学习内容交流读书心得，进校初期，专题授课集中，内容丰富精彩，听后深感得益匪浅。

马列主义基础理论和党的建设系列讲座，是我们共同的主要课程。选修课也很重要，因我曾在区委统战部部长岗位上工作过，选学了关于我国各民主党派和宗教方面的课程，大开眼界，印象深刻。

学习不仅在教室里和会议中，整个党校处处都是课堂，时时都有我们尊敬的老师作指导。拿我所在的干部培训班来说，带班的邹登贵老师和蔼可亲，细致周到，整天忙于为学员服务，思想上、生活上无微不至地关心帮助学员，与学员们建立了深厚的同志之谊。

班上的学员来自中央机关多个部门和一些省市领导机

关，都是富有革命精神和工作经验的同志，时时处处都有值得我学习的地方。尤其令我欣喜的是，中央党校图书馆藏书极其丰富，服务热情周到，对我最具吸引力，是我经常去的地方，每次还要带两本书回寝室，文学名著和理论经典著作，我交替阅读。学习期间，我以学员代表身份参加了胡耀邦同志的追悼会。

我检查自己，读书学习还不够勤奋，回到工作岗位还要继续努力。学习结束每位学员都拿到了一张毕业证书。对这张毕业证书我感到尤为珍贵，因为我是个没有进过高等学府接受系统教育的人，这次在中央党校的学习，是我人生旅程中最值得珍贵的机会，它对我今后的为人处世、学习工作有重要的导向作用！培训班全体学员毕业时的合影我也一直珍藏于书房，常常凝神专注地指认其中的某位同学，以及他的最新信息。喏，今年元旦那天，我就接到了来自北京的中央党校两个同学的电话。

近日，我和叶辛同志相见，自然又谈到了在中央党校学习时的情景，感到地球的转动似乎又提速了，时间过得真快，在中央党校学习的情景仿佛还在眼前，一转眼已经过去 26 个年头了。伴随时间的推移，见证并检验了我们在中央党校学习的收获，其潜移默化的影响和作用，不言而喻。叶辛同志党校学习结束后不久就调到上海市作家协会工作，不断有新的作品问世。他连选连任上海市文联副主席、市作协副主席，当选中国作家协会副主席。我在区长岗位任期届满后选为区委书记直至换届，尔后受命为上海市文联党组书记，选为常务副主席。向前迈进的每一步，每个足迹，无不记录着在中央党校学习所起的积极作用。

回忆在中央党校的学习生活，深感难得的珍贵和难忘的温馨，随着年岁增长，越来越体会到当时自己的稚嫩和渴求，党校就像我们健康成长的摇篮，受到的关爱和教育深刻难忘，长期起着作用，激励我们矢志不渝地真心为人民服务。

我一直心存对中央党校的怀念，对各位老师的感谢！

文　友

文朋书友，如水之交，贵在以诚相待、以心相见

在中央党校学习期间，我结识了上海籍知青作家叶辛同志，当时他在贵州省作家协会任职，我们相识后，学习之余，有时在一起聊天，有时结伴外出参观。有次我直抒己见，建议他考虑申请调来上海工作，理由是：这对他的创作会很有利。当时他表示：这是值得考虑的问题。

我从北京回上海后，向有关市领导介绍了叶辛同志的情况，建议调他到上海来工作，并写了一篇题为《叶辛，你辛苦了！》的文章，在报上发表，意在证明他在北京学习这段不寻常的时期，总在学习和写作。市有关部门的两位同志前往贵阳联系前，曾来到南市区在我的办公室面谈，要我介绍叶辛的情况。

叶辛同志顺利调来上海后，我请他在豫园老饭店和文朋书友们见面。安排在市作家协会工作后的叶辛，比较注

和原《解放日报》总编辑丁锡满合影

意和作家们的联系。有次我和丁锡满、黄志远两位作家相聚时，叶辛也在座，话题总离不开文学创作。当谈到我们上海要建设国际化大都市、外国友人来沪工作的日渐增多时，不约而同地讲到作家应当关注这一人群，于是后来就有了我和丁锡满主编的《上海老外》这本纪实性的书，叶辛采写的《老外冯伟立》篇列第二，在为这本新书举行的新闻发布会上，叶辛和诸位作家一起，为读者签名。

这本报告文学集的采写和出版，离不开作家黄志远的全力以赴。他是我重返上海后参加上海市作家协会举办的创作研讨班认识的忘年交文友，是一位擅长写侦探小说的中青年作家，为人热情，创办了个大元文化公司，此书的编辑出版发行工作，因他就能顺利进行。这本书由文汇出版社出版发行，可谓文友之间的友谊结晶，也是合作成功的范例。

然而，并非所有文友的合作都能这样顺利成功。我在美国访问期间，应一位旅美华侨的盛情邀请，到他的家里作客，同胞之心、同乡之情，使我深受感动，特别是他进入老年后，要自己的儿孙们一次次回祖国来上海到淀山湖畔寻根祭祖，使我浮想联翩，写了中篇小说《候鸟之旅》，在《电视电影文学》杂志发表后，青浦区政府的有关领导找到作者，希望我改编成电视连续剧，这显然是因为我写的这旅美华人之家原籍青浦，从小在淀山湖畔玩耍，一直情系乡里、梦牵乡亲！我为此和文友丁锡满、叶辛、黄志远商量，一致赞同，前期工作进展顺利，约定某日下午二时签订合同，不知何故却一拖再拖，直拖到四时过后，青浦区政府的一位同志才来表示抱歉，说是改日再谈……

想不到青浦区政府的一位副区长，来到我的办公室，再三表示感谢加抱歉，还给了一笔稿酬，使我甚感不解和为难！

这一不成功的合作，很快过去了，并没有影响文友之间的感情，我们依旧时常来往，喝茶聊天，这显然由于大家都重情谊而轻名利的缘故！

当我这本内容真实的连贯性随笔《船行有声》出版后，丁锡满、叶辛、杨扬、忻才良、王岚、黄志远、李关德等文朋书友，都先后撰文，给予批评指教，或在品茗聊天时畅谈读后感，这都使我倍感亲切、深受鼓舞，我由衷感谢文朋书友的关心帮助！

辉　　煌

南浦大桥建成通车，是载入上海史册的辉煌时刻。

“当！当！当……”

宁静的冬夜，清脆的钟声奏鸣了十二响，报告新的一天开始了。这天是1991年11月19日，是上海人民欢庆的节日，也是全世界都关注的一天。今天，在举世瞩目的南浦大桥上将举行盛大的庆典，时任国务院总理亲自为大桥建成剪彩。作为一名上海人，一个居住、工作在南浦大桥所在地区的上海人，怎能不心潮澎湃，难以成眠而浮想联翩呢？

浦江儿女多年的夙愿今天成为现实。人们不会忘记，早在清朝末年，上海的地方商绅们就提出在董家渡口附近建造一座钢质浮船桥梁的设想，桥跨间设置活动开口段，供往来船舶通行。1931年还成立了建桥机构，与一家德国厂商草签了协议。可是，当时的上海市政当局对此举未予资助，只好作罢。抗日战争时期，侵略者横行霸道，外白渡桥的过往行人要向日本鬼子鞠躬行礼，随时会遭侮辱殴打，哪里还谈得上造桥？到了1945年抗战胜利后，在有识之士的推动下，上海成立了都市计划委员会，下专设越江工程委员会，由著名桥梁专家茅以升、城建专家赵祖康等主持规划。花了三年时间，制订了三种越江工程方案，由于当时的政府对此毫无兴趣，造桥计划又成了一纸空文。历史的事实雄辩地证明，腐败无能的清王朝和蒋家王朝都没有也不可能把人民的愿望当作一回事，只有在新中国成立后，在共产党领导和社会主义制度下，几代上海人在黄浦江上造桥的愿望才有实现的可能。然而，要把可能性变成现实性，还需要条件、环境并为之付出必要的努力。“十年动乱”时期，哪有那份闲心谈得上造桥？只有到了十一届三中全会后，在正确路线的指引下，改革开放，安定团结，一座高质量的大桥建成了，几代人的愿望才终于成为现实，世界瞩目！

南浦大桥是上海市内黄浦江上的第一座越江大桥，选址确定在南码头地区，大桥两岸当时都在南市区辖区范围之内，本区的责任之重可想而知。经调查，为造这座大桥需要动迁5 152户居民，205个企事业单位，必须按时完成动迁安置任务。动迁工作动员大会在南市影剧院举行，我以区长身份在大会上作动员报告时，颇动感情地讲道：“为了上海的美好明天和子孙后代，我们决不拖大桥施工的后腿，一定要齐心协力，以实际行动为顺利造好南浦大桥，作出我们的奉献！”

值得强调的是，本区居民和有关单位的同志，听说要造南浦大桥都特别高兴，表示要以实际行动支持大桥建设。动迁安置工作比预料中进展得顺利，进行得快，保证了1988年12月15日南浦大桥建设开工典礼如期举行。

大桥建设过程中的感人事迹，可以写成一本书，这里我想只说一件鲜为人知的事。入夜，南码头两岸大桥工地灯光亮如白昼，工人们各自在忙碌着。我和于来宾副区长等到浦西工地走走看看，问问听听，而后召开例行碰头会，汇总的情况都令人鼓舞。会后，我见老于十分疲惫，却仍在强打精神，连连吸烟、喝浓茶，我附耳嘱他马上回家休息。他点头说：“好的，就回去……”

我回到家洗漱后服了安眠药，上床不久，睡意蒙眬中听到电话铃声响了，起身接听，电话中报告说：“于副区长突发急病……”

我马上打电话要了公安局值勤的车子赶了过去，只见老于已躺在担架上，送往市第二人民医院，我的心头一紧，连声喊着：“老于，老于……”同时上前推着车子，将昏迷的老于送进了医院。

在医护人员精心治疗护理下，老于同志转危为安，稍作治疗和调养，又出现在大桥建设工地上。

南浦大桥建设工地上洒下了多少人的心血和汗水呵！

从开工到1991年11月19日建成通车，仅仅花了三年时间，就将这样一座大跨径双索面叠合梁斜拉桥呈现在世人面前，而且比投资预算节约了400余万元。大家都知道，大桥建设资金是向世界银行贷款八亿元而来，要还本付息，能不精打细算吗？市民们为建大桥争作贡献，不为一己私利争动迁费，功不可没啊！

现在，我们可以自信而自豪地说，这座如彩虹飞架浦江两岸的雄伟壮观的大桥，是热爱祖国、热爱上海、热爱社会主义事业的人们，用心血和汗水，拌和了坚强意志凝聚而成的！

如果说南浦大桥是一幅画，它就是一幅有形的立体的画，是千万位画师用彩笔共同画就的最美最新的画；如果说南浦大桥是一首诗，它就是一首赞颂大桥建设者创造性劳动的抒情诗。

我为有幸登上大桥，参加隆重的庆典活动，心情难以平静。这天清晨，我早早地起身做准备，剃净了胡须，梳理了头发，穿上了笔挺的西装，选用了最上乘的领带……从外表到内心，都是欢度喜庆节日所独有的，应该啊！

我提前驱车登桥，请司机开慢点，再慢点，我要仔细看看从引桥起的每个细部结构，以及装点大桥的彩旗、鲜花、彩色气球……尤其光彩夺目的是邓小平同志题写的“南浦大桥”四个字，镶嵌在大桥两座主塔109米高的上横梁两侧，每个字高4.5米，宽3.5米，约16平方米，苍劲有力，闪光耀眼！身临这样充满欢乐气氛的境界，我企盼辉煌的时刻快点到来！

天遂人愿。此刻天高云淡，阳光灿烂，150米高的大桥主塔巍峨挺拔。180根碗口粗的斜拉索，犹如巨大的竖琴，在弹奏着开发浦东、振兴上海的奏鸣曲。

庆典在主桥桥面正中举行，用六辆大卡车搭成的六面巨幅红旗组合成庆典的背景台，“上海南浦大桥建成庆典”十个金字悬挂在红旗上，在争妍斗艳的金黄色秋菊衬托下，显得庄重而高雅。当我正和同事们谈着大桥是一部内涵丰富而耐读的书时，听到“来了，来了”的喊声响起，参加庆典的各界代表纷纷把目光汇聚到一个方向……

9时35分，李鹏总理一行来到主桥中央，步上红地毯，几十位小朋友挥动鲜花热烈欢迎，人群中爆发出热烈的掌声。李总理微笑着频频向人们点头致意。我踮起脚尖，看到总理神采飞扬，喜形于色。黄菊市长发表讲话。李鹏总理为南浦大桥建成通车剪彩。顿时，大桥上一片欢腾，乐队高奏《鲜花盛开》乐曲，16支锣鼓队敲响了欢庆的锣鼓，800名身着盛装的中小学生，挥动花束跳起了欢乐的舞蹈，有1 000羽鸽子和1 200只彩色气球腾空而起。掌声、欢呼

与曾经的同事王汝刚（左）在南浦大桥通车典礼仪式上

声、管乐声、锣鼓声……汇合成现代化建设的进行曲，响彻浦江两岸，震撼着人们的心弦。

接着，200 辆彩车载着各界人士的代表驶过大桥，其中有港澳台胞和海外华侨，来自世界各国的外国朋友。他们中有南浦大桥主桥的设计负责人张介望的妻子徐为华，她看到丈夫为之献身的大桥，想到丈夫一定会含笑于九泉。她的大女儿今年从同济大学桥梁系毕业，她说要以爸爸为榜样，献身社会主义事业。一位正巧在沪探亲的台湾同胞陆先生应邀参加了庆典，他激动地说："两岸人民多么需要有这样的桥啊！"

辉煌的时刻是令人鼓舞的，也是令人难忘的。正是许许多多平凡的人，默默无闻地奉献，才有了这辉煌的时刻。辉煌的时刻是无数个并不"辉煌"的日日夜夜孕育而成的，是成千上万并不"辉煌"的人们创造的，他们为此付出了智慧和汗水……

纪　念

为造桥奉献智慧才能和汗水的人，值得永远纪念。

这是往日的一天晚上，我回到家，洗漱后我照例服了安眠药，迷迷糊糊刚要进入梦乡时，床头边的红机电话铃声响个不停，是区政府值班室打来的，紧急报告：“大桥建设工地出了重大事故！”

“紧急通知公安分局值班民警，五分钟内把车开到我家门口！”我以命令的口气说。这是因为区机关车队驾驶员的家住得分散，值班室只有一个人的缘故。随时待命的公安分局的警务车，快！

“明白！”电话里回答的声音也是急促的。

我乘上亮着警灯的车子快速赶到工地，已是深夜三点多了。工程指挥部的同志报告说，三位工人在吊装预制水泥构件时发生事故，受了重伤。

事故现场，我察看吊装预制构件的钢丝绳为何突然断掉，钢筋水泥的预制件怎样重重地压在了现场作业的工人身上，正在这时，市委市政府领导赶到了现场。

“南市区的，来了没有？”市长大声问。

“来了！”我一面答应着，一面快步走过去。

我暗想，如果我没有及时赶到，市领导到了现场见区里负责人还没到，那会怎样？一定会受到应有的严厉批评！

工地负责人在汇报情况的同时，分析了事故的原因，应该吸取的教训和防止事故的措施。吊装用的钢丝绳断掉，不是因为超重，而是因为质量有问题。

在工地负责人的陪同下，市领导去医院看望了受伤的工人，诚挚地表示了慰问，嘱托医生要悉心治疗，指示区里做好受伤工人家属的安抚工作。对施工安全问题，要求立即检查，采取严格措施，确保施工安全。

区里有关部门负责人，包括医院、街道的同志连夜开会研究，吸取事故教训，分工负责，做好各自的工作。

我回到家已是凌晨，洗漱以后浑身疲惫，呵欠连连，特别想抽口烟，想到已经戒了，就以茶代烟，泡了一杯龙井茶，喝得蛮过瘾，提神醒脑后上班去了。

自此每当经过南浦大桥，心情总有些异样，脑海上不免会映现出那天晚上的情景，转而想到我们虽不能为造南浦大桥流血流汗的同志树碑立传，但在人民群众心里，是有一座他们用心血和汗水凝成的丰碑的。

大桥通车多年后，一次我经过南浦大桥去浦东出席企业家联合会召开的会议，正巧和当年南浦大桥建设总指挥朱志豪同志比肩而坐，轻声地交谈。久别重逢，我们欣喜而激动。这位令人尊重的劳动模范谈及南浦大桥的建设，掩饰不住自信、自强与自豪的感情，他告诉我造桥的一些情况："造桥的钱是向世界银行贷款来的，我们能不精打细算吗？结果不但没有超支，还节约了 400 万……"我有感而发，当晚就写了篇小文章《朱志豪的自豪》。

冰　灯

开拓，就是敢于做前人从未做过的事，并竭尽全力地去做好。

“开拓，就是敢于做前人从未做过的事情，并要竭尽全力地去做好。”这句话，是副区长于来宾同志经常说的。他不仅这样说，而且这样做了。老于在部队时是师级干部，复员到地方。起先任区长助理，和我这个区长共事，合作是融洽愉快的。不久他被选为副区长，工作雷厉风行，从他身上我看到了解放军的好作风，很值得我学习。

老于是哈尔滨人，长得高大，是个汉子，讲话东北口音重，性格豪爽。有天他像往常一样到我办公室随便聊聊，聊到春节将到，在他老家哈尔滨有办冰灯展览的传统，如何富有特色，讲得我也心向往之了。如果我们同哈尔滨市合作，在上海人民喜迎羊年新春佳节之际办一次冰灯展览，岂不是一件喜上加喜的事情吗？

我情不自禁地说："好啊，'十年浩劫'，人民压抑，拨乱反正，上海人民欢欣鼓舞，需要有抒发这种感情的机会和场合。不过，需要与可能往往是一对矛盾啊！"

"我们这些人就是解决矛盾的。"老于说，他想去一趟哈尔滨，和那里的领导谈谈有没有在上海办冰灯展的可能，"你看可好？"

"好。你安排好工作，准备到哈尔滨去一趟。"我毫不犹豫地说，"其他领导同志我会通气的。"

老于说走就走。

很快老于从哈尔滨回来了，他带来的消息令人鼓舞：哈尔滨市领导非常赞成在上海举办冰灯艺术节，说这是他们早就有的愿望，双方友好合作，一定能举办成功。

20天后，"91'上海—哈尔滨冰灯艺术节"在沪南体育场成功开幕了。上海人民兴致勃勃地走进那千姿百态、玲珑剔透的冰晶世界，无不惊叹好一派北国风光！

当人们以惊奇和愉悦的心情欣赏冰灯极富魅力的艺术景观时，都说这样的室内冰雕艺术展览在上海是有史以来的第一次，也是迄今为止世界上最大的一次，而且是在短时间内日夜施工，赶在春节之前办成，无不惊叹这是一种难能可贵的事业精神。

是的，从元月18日深夜动工，在平地上盖起了2 000平方米的隔温活动室，安装了50万大卡制冷机，制造并运来了 800 吨机制冰块，专程从哈尔滨赶来的 48 名冰雕能手，在 7 个日日夜夜连续奋战中，按预定计划，把北国冰雕冰灯奇观美景展现在上海人面前，正如哈尔滨市副市长赵明孝同志所说：“这是一个奇迹，是哈尔滨和上海两市人民团结战斗精神的结晶！”

通过这次冰灯艺术展览，我们不仅享受了一次精神美餐，汲取了精神营养，增长了知识，陶冶了情操，而且从中启迪我们应该以怎样的精神来做好工作。

首先是发扬了甘冒风险、敢担责任、克难求进的精神。现在的上海冬季几乎是无雪无霜不结冰的气候，隔温房能不能把室温降到所需的零下 18℃？保持一定升降幅度？机制冰能不能达到要求的数量和质量？这些没有现成经验可供借鉴，时间紧，投资大，把握小，成功与失败的可能同在，搞还是不搞？作这样的决策，无疑会有很大的风险。第一个吃螃蟹的人是要有相当勇气的。在南方搞北国冰展更要有敢冒风险、敢于负责的勇气，当然也要进行冷静的思考和科学的分析，为此请来了各方面的专家和工程师，论证后当机立断，干脆利索，说干就干。

其次是发扬了知难而进、迎难而上的拼搏实干精神。当时的沪南体育场出现了不分日夜、不分彼此，团结奋战的动人场面。哈尔滨和上海的同志以不同的乡音表达了共同的决心：拼命也要保证在 2 月 12 日完成冰雕冰灯任务！

有的同志眼睛肿了，嗓子哑了，脚扭伤了也不肯歇手；领导干部连续现场工作十五六个小时，深更半夜还和大伙一起卸冰。哈尔滨的谭局长感慨地说：“搞四个现代化建设就需要发扬这种拼搏精神！”

特别值得一提的是发扬团结协作精神，发挥整体效益，没有通常所见的那种推诿、扯皮、拖拉的作风。第一冷冻机厂、江淮活动房三厂、沪南供电所、水产供销公司冷库等单位属于不同系统，来自各个方面，为了共同目标，互助互济，配合默契。“我们都是一家人”，成了大家的口头禅，人们这样说也这样做了。尤其令人感动的是，星期天求援电话打到市建委一位副主任家里，第二天一上班，他就帮助落实了300多吨水泥浆。当制冷开始后发生了意想不到的现象，冷冻机厂的厂长就马上出现在现场。

总之，这次冰灯雕刻艺术节筹划、置办过程中展现的上述精神，令人振奋。我们不能见事见物不见人，见人不见思想精神，见思想精神不见闪光点，我们应该通过总结，发扬在实践中表现出来的这种宝贵精神——勇于开拓，敢于创新的精神，以推进现代化事业的实施。

让兴致勃勃地欣赏北国奇景的观众知道，人们为此付出的辛劳和所表现的精神，对我们是一种激励，是一次生动的教育。

乐　　耕

爱好的形成，是人生追求和审美情趣的印证。

我参加地区之间的经济技术协作会议，每年举行一次，轮流在各地市举行，政府负责人一般都要出席。在江西吉安地区举行会议时，和与会人员一起住在井冈山上的县招待所。

这里是我向往的革命圣地！会议期间，安排瞻仰革命烈士陵园，也有自由活动时间，顺便买点当地土特产带回去。我买回的是一具当地的木质雕刻的牛，其材质坚硬，形象生动，憨厚之态令人喜爱。

每年的地区之间经济技术协作会议在主办方所在地举行，我一般都会收藏一件当地的牛工艺品，这当然不是偶然的。

我的书斋名“乐耕堂”，是祖宗先人的遗训，我喜爱并有志于传承，于是请周巍峙、张森先生分别题写了“乐耕堂”书斋名。我笔名耕夫，是1956年10月14日起用的。这天秋高气爽，阳光明媚。我按通知来到外滩，静静地等待，以迎候鲁迅先生灵柩的到来。当时我是个热情单纯的小青年，是市青年文学创作小组小说一组副组长，拜读了一些鲁迅先生的作品，立志要学习先生的为人为文。当先生的灵柩缓缓经过外滩时，我们几个文学青年肃穆地迎上前去，跟在宋庆龄、巴金、周扬等文艺界前辈和有关领导后面，护送先生的灵柩来到当时的虹口公园内，举行了安葬仪式。当我仰望着刚刚揭幕的先生的塑像，心潮起伏，思绪万千，毅然决定一辈子读先生的书，学先生的精神，走先生的道路，以“横眉冷对千夫指，俯首甘为孺子牛”为座右铭。从此起用笔名耕夫，当时我没有书房，心里想到一有书房就定名“乐耕堂”，以此开始自我牛化的漫漫人生旅程。

此后，我开始了以牛自喻，以牛为荣，与牛为伴的生活追求，一头头“牛”的工艺品也相继请来，用稿费买来了一张写字桌，开始建设自己的精神家园、心灵花园——书房“乐耕堂”。如今我有来自巴基斯坦的铜牛、荷兰的陶瓷乳牛、意大利的金肚牛、俄罗斯的玻璃牛、日本的木雕牛、柬埔寨的银牛……更多的是来自祖国各地材质不同、造型各异的牛，其中有西藏的牦牛、西双版纳的木牛、青岛的树根牛……连笔筒上也刻着牛、笔洗中也卧着牛，还有牛形的茶壶、牛状的锁，可谓处处皆牛！每只牛都有一个小故事，留有我美好的记忆。我读书写作之余，会静静地欣赏这一件件牛的工艺品，有时会情不自禁地捧起其中的一头牛，贴在脸上亲亲，捧在手里逗逗，喃喃自语地同牛说说话，对牛谈情情亦真！

谢稚柳先生是我敬仰的书画艺术大师和文物鉴定专家，我供职市文联后，时常拜访德高望重的艺术家，在他年事已高身体欠佳时，家人为先生举办寿宴，他一定要我与他比肩而坐，口耳相传地交谈，情真意切。他关心上海文艺创作的繁荣，热忱支持文联的工作。记得甲戌年新秋的一天上午，谢老给我打来电话，让我到他家去一下。我以为有事要嘱咐，按约来到谢府。谢老像往常一样亲切而随意地同我交谈，他胸有成竹地对我说："我记得很清楚，你从来没有向我索取过字画。喏，我特意为你画了一头牛，题写了'乐耕之夫'四个字，给你留个纪念。"我从先生手中接过这幅凝聚着真情厚意的作品，何止只是感动和感谢？这是谢老对我的了解和理解，对我的支持和鼓励，更是对我为人为文的希望和要求啊！"谢谢"二字怎能表达我此时此刻的心情呵！

谢老的这幅墨宝，我珍藏于自己的乐耕堂书斋，不，是深藏在我的心中，使我更坚定了自我牛化、乐于耕耘的决心和信心。在香港大元出版社为我出版《耕夫自选集》

时，为了表达对谢稚柳老师的感谢和怀念，也为了让更多的文朋书友分享，更为了坚定自我牛化的决心和信心，我将谢老的墨宝“乐耕之夫”印在了书的扉页上。

常听人们说，世人常有自我美化者，也有自我神化者，现如今还不乏自我高化者，如名片上印了一连串头衔，连其后人也大言不惭曰“我爸是局长”，更有拉大旗作虎皮者虚高自己的；并有自我富化的，真真假假的大款、富婆们招摇过市……常有好心人好意地问我：“你不属牛，为何如此喜欢牛？坚定不移地以牛自居，牛化自己？”我都不加思索地说：“这是因为我热爱鲁迅先生，受他的教导，以他‘俯首甘为孺子牛’为做人准则，像牛那样为人民拉车犁地，尽力而为，任劳任怨。”

自我牛化，以“耕夫”为笔名，以“乐耕堂”为书斋名，年轻时就确立“人乐一生耕”的志向，笔耕了几十年，收获了小说《梳头娘姨传奇》《非常爱情》和散文随笔集《船过无痕》《海浪花开》等十几本小书，乐在其中，其乐无穷，至今乐此不疲，无怨无悔。

是的，文朋书友都知道我喜爱收藏牛的工艺品，给予热情鼓励和支持。

去年国庆、中秋双节喜相逢，我是喜上加喜：家里又新增了一头可爱的“牛”，使我在和亲朋好友谈及自我牛化的体会时，又增添了新的感悟。这是华东师范大学教授杨扬近日访问台湾时，特意为我带回来的黑陶卧牛，其造型夸张而传神，背上骑着的牧童憨态可掬，令人喜爱，是我所未曾收藏到的珍品，正巧成为乐耕堂书斋里的第 108 头牛工艺品！今年春节，王琪森兄来访，他刚从西班牙旅游归来，特意为我带回来一件牛的工艺品，其形象独特而生动，活现了斗牛时的雄劲和凶猛姿态，令人忍俊不禁。此后不久，我所敬佩的贾树枚、金定根两位摄影家前来为牛拍照，还带来了一头别具特色的牛工艺品赠我以资鼓励。

在自我牛化喜迎新的过程中，我清醒地意识到，要有自知之明，不要像笨牛那样呆板迟钝而欠活跃和开朗，也不要像呆牛那样只知埋头苦干而不注意高瞻远瞩……

不用挥鞭自奋蹄。我要在自己的心田继续耕耘，不使之杂草丛生，一片荒芜；我要在文学园地继续不懈耕耘，争取为读者奉献一点“玉米高粱”，不辜负大家的期望！

扫　地

世界上最长或最短的距离，是从口说到实做。

刚刚进入熟睡状态中的我，床头的电话铃声接连响个不停，睁开惺忪的睡眼，伸手抓起电话接听，是区公安局值班室警官打来的，报告说市长带领一些干部在本区的外马路扫地！

啊，这太出人意料了！

这也令人匪夷所思，一市之长，凌晨之时，既不事先布置，也不提前通知，如此这般地突如其来，弄得我这个地方干部措手不及，岂不是存心出人家洋相吗？我实在想不通，为什么要这样搞突然袭击呢？

想不通归想不通，我还得马上起床，睡眼蒙胧地走到自来水龙头下，用凉水冲自己的脑袋，使自己快快清醒过来。

在去外马路的车上，凉风吹拂，我渐渐清醒，心情也平静了些。“上海这个城市怎么这样脏啊？”市长在到我区视察工作时这样说过，此后在全市区县干部会议上也有过类似的发问，但没有引起我的重视。说实在的，本区环境卫生状况确实不能令人接受，也不能以老城厢条件差自我开脱。

到了。我下车，拿起一把竹扫帚走进外马路，走近正在扫地的市长，在距离他一米左右的地方扫起地来，眼睛不时朝在前面扫地的市长张望，想着怎样应付这令人尴尬的局面。

“你来啦！来了你倒看看，这马路脏成了什么样子？”市长看见了我，不无火气地说。

“我们区老城厢，这样脏的马路不止这一条。”我回答说。

“老城厢就应该这样脏？你还有理由？”市长口气中有点火了。

“我们工作没做好，一定努力改进！”我不敢惹市长发火，说着就走上前去，“请市长放心。”

我跟在市长后面继续扫了一会地，市政府副秘书长陈正兴同志来到市长面前，轻声说了句什么后，通知说：“回去，要开会了！”

“世上最长或最短的距离，是从口说到实做！”在回机关的路上，我想起了大意如上的这句话，显然市长是在倡导说到做到。尽管今天让我有些尴尬，但冷静下来想想，这对我们的工作，特别是对我们的作风，是一次深刻难忘的教训。

事后，我偶然和陈正兴同志谈起这次扫马路的事。原来这是他根据市长的布置，“秘密侦察”，找一条最脏的马路，但决不能走漏风声，而不是像往常那样，由所在地的领导事先布置，突击打扫干净，迎接首长视察。这次没有，一点也没有。市长、分管副市长及有关局委办的领导同志，都实打实地扫干净了一条外马路。

在随后召开的会议上，市长提到这次凌晨到外马路扫地的事，要求改变上海市容环境脏乱差的状况，没有让我们南市区的领导太难堪。

烟　　瘾

吸烟成瘾戒也难，真下决心也不难戒。

说到抽烟，我小时出于好奇，趁祖父不在时拿了一支烟，悄悄地到菜园里偷偷地抽了一口，正呛得咳嗽时，祖父用文明棍打来，骂我：“不学好的小厌蛋！”留下深刻记忆，难以忘怀。

开始抽烟应该是在“五反”运动期间，我作为“五反”检查队的一名队员，在队长（山东省财政厅一位副厅长）带领下，夜以继日地紧张工作，睡眠时间很少。一次在同西药房老板个别谈话时，也许由于他说话总夹带英文，我听不懂；或许因为缺少睡眠，竟然打瞌睡了，而且把头搁在了那老板的便便大腹上。

老板不声不响。幸好我马上惊醒了，结束谈话后立即向队长如实报告了违反纪律的情况，作了检讨。队长快人快语，严厉批评了我，要我在民主生活会上作检讨。

过了一会，队长来到垂头丧气的我面前，递给我一包香烟和一盒万金油，语重心长地说："吸取了教训，今后不再重犯类似错误，就是进步。喏，往后要是想打瞌睡了，在太阳穴上抹些万金油，点上一支香烟。"

我深受感动，从此没再犯类似错误。我想到，总不能再让队长给我香烟吧？于是自掏腰包买了一包香烟，从此一发不可收拾。

没想到抽烟上瘾，一直不离不弃地成了瘾君子。即使在那困难时期，也要去买来烟叶切成烟丝，卷成"喇叭烟"过瘾。尽管咳嗽越来越厉害，但还是和烟难舍难分，算来已经有 30 多年烟龄。

幸运地迎来了拨乱反正新时期，我重返上海，在区政府工作，同事中多有烟瘾大的"老枪"，开会时"烟尚往来"，会场里烟雾腾腾，谁也不肯"来而不往"，都争先恐后地发香烟。

主动抽烟加被动吸烟，咳嗽毛病越来越严重，就医服药，毫无效果。董老医师对我严肃地说："你再抽烟，就不要来看病了！"我也想到戒烟，还悄悄地戒过几次，总是以失败告终。难怪烟友们说戒烟难，真那么难吗？

此时，我接到通知去北京中央党校学习半年。欣喜之余暗下决心：趁此机会坚决、彻底地戒烟！

干部培训班有 40 多位来自全国各省市的同志，可谓从五湖四海走到一起来学习了。我受组织之托，担任培训班党支部书记，从开学那天起就提倡不相互递烟，会场里不抽烟。

我开始了戒烟计划：逐渐减量，到学习结束时彻底戒掉，回到上海一支不抽，从此改邪归正，完全彻底！

在北京开往上海的旅客列车上，在卧铺车厢里，我独自举行了与香烟的告别仪式，虽不隆重，却十分神圣。

我拿出香烟、打火机放在面前，点上一支烟，细细品尝，直到仅剩烟蒂。把剩下的香烟和打火机捧在手上，凝神望着，轻声说了句："再会了，不不，是永别，永别了！"说完，将手中曾经心爱的香烟和烟具一起扔出了窗外。

回到上海我不再抽烟，也不给别人递烟，人家递来香烟，我婉言谢绝，礼貌地表示："戒烟了！"回答我的有赞许和支持，也有笑着说："何必呢，戒戒抽抽烟瘾会更大。"

一天，我突然发现办公桌抽屉里放着两包香烟，不知是谁放的，可能是他吧？

说实话，独自在办公室批阅文件，差点挡不住抽屉里那香烟的诱惑，左手狠狠地打了两下伸出的右手，心里骂自己："没出息……"

消　　灾

救灾不如消灾，消灾不如防灾，防灾不如根除隐患。

每周的工作日程表总是排得满满的，除了开会还是开会，仿佛开会等于工作。一再高喊要“搬文山、填会海”，结果是“会海”更深，“文山”更高了。对此现象我显然无能为力，无可奈何，并渐渐地适应了，自己也为造文山、拓会海出力呢，哈哈！

不过，会议再多我总要抽空到豫园地区、南浦大桥工地等处去走走看看。这是全区工作的重中之重啊！

这天晚上回到家感到有些疲倦，也有些瞌睡，稍事洗漱后服了安眠药，倒在床上很快睡着了。朦胧中电话铃声响了，猛地起身去接听，是区公安分局打来的，报告说陈家桥街道发生了火灾！

“五分钟内必须把车子开到我家门口，送我去现场！”

我用不容商量的口气说着，起身穿衣。

这样的紧急情况已不是第一次了，公安局值班民警时刻处于待命状态。

我来到门口，车已到，立即上车快速赶往火灾现场。我看到消防队员在忙着扑火灭火，很快控制住了火势蔓延。

稍后的现场会上，消防、公安、街道、居委会干部，临时安置了两户受灾严重的居民另找他处歇息后，个个心情沉重，双眉紧锁。这里大都是棚户简屋，年久失修，有待成片改造，因资金等原因一时难以启动；而居民们则都怀着期盼，希望政府早日采取措施，一味等待容易疏于眼前的安全管理，这是个带有普遍性的现象，值得引起警惕。

从火灾现场回到家，我无法平静。想到本区这么多棚户简屋，火灾隐患很多，老百姓生活缺乏安全感，作为地方人民政府负责人，能不为此心神难安吗？我考虑专门召开一次区长办公会，提请大家研究这个问题，确保全区人民生命财产安全，是第一位的大事。引线弄危房改造试点项目虽有可取之处，但难以推广，且新建的房屋标准过低，质量不高，不宜再这样做。全区危房改造是个棘手的难题，怎么办？

服了安眠药，还是久久难以入眠……“救灾不如消灾，消灾不如防灾，防灾不如根治。”这句话忽然又回响耳畔，再也挥之不去。我于是起身，开灯，伏案写关于危房改造工作的报告……

椅　　子

要选定一把椅子，不要掉在两把椅子的中间。

我一直记得这样一对父子大意如下的对话，帕瓦罗蒂师范毕业以后问父亲："我今后是当教师还是按志趣和特长去争取当歌唱家？"父亲对他说："我只能告诉你，应该选定一把椅子，如想同时坐两把椅子，你只会掉在两把椅子中间的地上。"

我没法问自己父亲这样的问题，也没能选定一把椅子，看来难免掉在两把椅子中间的地上了。不过，我倒也无怨无悔，想来能像帕瓦罗蒂这样幸运的成功人士是不多的。

如果我有两把椅子可供选择的话，一把是从政，当干部；一把是写作，当作家。供我选择的机会不是没有，如建国初从企业调入机关，我自愿选择了前者。1958 年以后的一段长时间，当然并无选择的可能也就不用选择。幸逢盛世，重返上海，又有过一次自己选择的可能，但我只能也应该选择服从组织的需要，听从组织安排。

说实话我喜欢写小说，处女作《闹钟回家》，使我进入上海市青年文学队伍，编在小说一组，任副组长。此后发表的也都是小说，只是重新工作后，虽也写了《梦花情缘》《非常爱情》等几部长篇小说，但所写以随笔散文占多数，前后出版了七本随笔散文集。

命运似乎决定我从政而兼业余写作，如果说这也是椅子的话，那只能是一把椅子为主，一把为副了。不是说业余写作也是工作的一部分吗？我以此自我安慰，不使自相矛盾。

这两者之间，既是统一的，也是矛盾的，主要体现在精力和时间的支配上。我时常提醒自己：应该选定一把椅子，既然坐在区长这个位子上就别想着写作。但作家梦难忘，也难圆，有时难免陷入矛盾之中，为了不掉在两把椅子中间的地上，随缘吧！

海　　派

海派无派有文化，是别具特色和活力的中国地域文化。

记得在市人代会期间，市长徐匡迪在我们小组，我是小组召集人，上海大学党委书记兼常务副校长方明伦同志也在这个组，和我比肩而坐，免不了附耳轻声交谈几句。

在一次代表分组讨论时，我提出了应重视海派文化的研究问题。随后，我准备提交有关建议成立海派文化研究会的议案，获得十几位文化界代表赞同并签名。方明伦代表说："上海大学理应为海派文化研究作出努力，海派文化研究会就放在上海大学，我们提供办公条件、适当经费和一名工作人员，这样也能尽快启动。"

就这样，上海大学海派文化研究中心很快成立了，方明伦同志谦让为副主任，我为主任，很快启动运作，第一届海派文化学术研讨会顺利举行，论文集随后出版。

和包起帆（左）在海派文化学术研讨会上

以后每年举行一次海派文化学术研讨会，出版一本海派文化论文集，轮流和一个区或一个单位愉快合作，建立友谊，体现海派文化精神。值得一提的是，为迎接上海世博会，我们和市对外文化交流协会、文汇出版社通力合作，依靠作家学者们共同努力，撰写出版了一套“海派文化丛书”共33本，特许进入世博园区的书店，受到中外友人的欢迎。

中华文化走出国门走向世界，上海理应走在前头，“海派文化丛书”翻译英文出版工作已经启动，《上海男人》《上海女人》《上海建筑》和《上海饮食》四本英文版图书已在顺利进行中。

我由衷感谢关心、支持和参与海派文化研究的同志和朋友对我的指教和帮助！

海派文化研究和实际运用，任重道远，相信会越来越好！

军　　装

军人最佳的姿态和最美的形象并非全靠军装。

当时国家统一规定，区一级人代会每三年举行一次换届选举，区长任期也是三年。后经法律程序，才修改为如今的五年一届制。

日月如梭。我在区长任上干满三年后，换届选举时我不再继任区长，经党代会选举任中共南市区委书记。

按规定，区委书记兼任区人民武装部第一政委，于是发给我一套中国人民解放军的新军装。我高兴地马上穿到身上，戴上军帽，面对镜子照了又照，独自在办公室里踱步，沉思……

我整了整军帽，扣上了风纪扣，抚平折叠留下的皱痕，思想如脱缰的野马，东奔西闯！这套崭新的军装，使我的思绪回到了尘封已久的童年时代，日寇的铁蹄践踏着我的家乡，寄养在二姨妈家的我因鬼子兵进村胡乱打枪，我吓得乱跑，跌得头破血流。以裁缝为业的二姨父为我包扎伤口时，说：“皮肤是母亲给子女的第一身衣服，要穿一辈子的。”这句话令我铭记在心，没齿难忘。

军装对我来说并不陌生。记得在那不该淡忘的“十年动乱”时期，到处都是戴军帽、穿军装的造反派战士，他们一面高声朗读最高指示，一面手挥皮带，狠毒地抽打所谓的“牛鬼蛇神”。这已经远去不该淡忘的一幕，我亲眼所见，亲身遭受过。被穿这种军装的人拳打脚踢，有助于我识别军装的真伪。当然，军装是无辜的，它被丑恶的人利用了。

在那乱云飞渡、天色昏暗的日子里，中国人民解放军力挽狂澜，执行“三支两军”的任务，我所在的制药厂也进驻了解放军，我和“牛棚”里的“棚友”们因而看到了希望。

解放军进驻不久，基于对解放军的热爱和信任，我鼓足勇气，向驻厂解放军负责同志提出要求，希望面谈一次。意外的是很快得到回应，他亲自和我谈话，虽只有短短的几分钟，却给了我生活的勇气和信心。这位军人穿军装的形象在我的记忆中是多么美好而不可磨灭……

再次整了整风纪扣，面对自己俨然一副军人的形象，我忍俊不禁地笑了，笑得舒心畅怀，笑得意味深长。是啊，如果建国初期第一次按兵役法征兵，我应征入伍当了解放

作者军装照

军，我的人生旅程将是……回首往事，我看到自己在人生旅程中历经风雨，身受考验，也是一种难得的教育和锻炼，使我渐渐地感悟人生的真谛。

此刻，我眼前清晰地映现出这样的情景：浴血奋战，进入上海的第一个夜晚，中国人民解放军战士为了不惊扰市民，躺在街头墙角，和衣而卧，露宿街头。我以为，这就是穿军装的最佳姿态，最美形象！

我想，自己只有为中国人民解放军增光添彩的义务绝不允许有在中国人民解放军军装上抹黑的资格！

灵　　渠

一张照片一幅字，所传之情所达之意弥足珍贵。

桂林人讲到灵渠，总是以自豪的口气，说这个位于兴安县境内的水渠，是世界上最古老的运河之一，它通三江、贯五岭，沟通南北水路运输，与长城南北呼应，同为世界上最古老的运河之一，有世界古代水利建筑明珠之美誉……

我在桂林十九个年头，总想去灵渠看看，却一直未能如愿。

这次应邀率上海市南市区党政代表团访问桂林市，接待方桂林市委安排周到，有半天时间参观，征求我们的意见：最想去哪里看看？我马上想到了灵渠，毫不迟疑地说：去灵渠！

在桂林市一位领导同志的陪同下，我们一行来到兴安县。这是桂林市属县。县里的同志已作了周到安排。我们

重游桂林灵渠

站在渠边高处眺望，果然气势不凡，其独特之处在于：三江、五岭似巧妙布局却又自然天成，沟通了南北水路运输，因而获得了与长城南北相呼应、同为世界奇观的美誉！

当地的同志安排了游览船，我们一行乘船畅游了灵渠风光。据当地同志介绍，灵渠古称秦凿渠，又名零渠、陵河、兴安运河，于公元前214年就通航了，距今已有两千两百多年历史，还在继续发挥着沟通南北水路运输的作用。改革开放以来，这里成了旅游观光的热门景点，人气一直很旺……

我们一行中的姜樑同志，是一位摄影爱好者，他将乘船畅游灵渠时的情景拍了下来，为大家留存了这瞬间的美景，但他自己却未在其中，这可以称之为忘我精神吧？人们都对这样的摄影者心存感谢，自然是容易理解的……

也许是灵渠之游的潜移默化作用吧，当天晚上，在榕湖宾馆，我忙着接待桂林制药厂来看我的工人师傅们，鲁炳敖和他的妻子来了，樊尔芬和高为霖同志也来了，还有和我同车间、同宿舍的桂林同志小曾等也来了，久别重逢，兴奋异常，更感慨良多……因此我就没能和代表团的同志们在一起，想不到他们这时候却在谈诗论画，还为此即兴创作了这样一幅饱含诗情画意的书法作品：

翠叠峰奇插玉簪，
滩青水秀罗带缠。

翠疊峰奇插玉簪灕青水秀羅帶纏書童山
下煮桂魚八仙江上三花沽當年泛舟惜華筵
而今重游思如漣風流送別悵逝者倜儻仍不
成文仙

紅光姜樑[illegible]華詩贈備新一首[illegible][illegible]書

沈红光、姜樑的赠诗书法

书童山下煮桂鱼，
八仙江上三花沾。
当年泛舟惜华年，
而今重游思如涟。
风流从匆怅逝者，
倜傥何不成文仙。

红光姜樑剑华诗赠伦新一首

啊，就是这首诗写成的一幅书法作品，赠给时我何止只是感动？更有由衷的感谢！感谢一直帮助、支持我工作的沈红光、姜樑和陈剑华这样的同事。从此以后，我把这情谊珍藏于心，激励我工作不敢懈怠，友情不使忘怀，却总感到有负于同事加朋友们的期待！

拆　墙

墙有形或无形的、有用或有碍甚或有害的，要识别……

区人代会、党代会相继举行，换届选举以后，我的职务变了，转岗任区委书记，不应再以区长身份发言和处理事务，我特别叮嘱自己：不能再以区长身份处理行政方面的事务，讲话的角度和口气都必须注意。

这天晚上，我照例饭后散步，鬼使神差似地走着走着，又走到老城隍庙来了，走到夜幕下的豫园旅游商城来了，仿佛一个家住附近的居民，饭后来这里悠闲自在地闲逛。

夜色朦胧中，我踱步到九曲桥畔、挹秀楼前，看到对面搭的脚手架上有工人在忙碌。是啊，这里寸土寸金，时间就是效益，施工往往分秒必争，甚或日夜进行。我俨然一个闲人，东走走西看看，忽然一愣：怎么里面好像是在砌两副灶头？建两个账台？

“挹秀楼”题匾

分别和工人聊了几句，原来毗连的房子里面，是绿波廊和松月楼两家餐饮企业，相约同时施工同时进行装修，两家相同的企业各有自己的一套设施。

我不便再问再说什么，离开了施工现场，走过九曲桥驻足回眸，久久凝神，总感到这里面有令我挥之不去的问题。什么问题？是否属于自己的职责范围？不该管的就不应该插手多嘴，更不该去过问，越权是干部之大忌！

一墙之隔，两家完全相同的饭店在装修中，现在改动正是时候。我忽然想到时机问题，有种马上召集有关负责同志开现场会的冲动，然而我还是克制了自己，要冷静。

走在回家的路上，墙，总在我的脑海里出现。南京、北京、西安的古城墙，上海残存的古城墙大境阁。人与人之间无形的“墙”，甚或有自己构筑的隐形“心墙”……这两家一墙之隔同时装修的饭店，不是很发人深省吗？

忽然想起市长宴请国际友人，总算争取到放在豫园，因为绿波廊饭店没有像样的餐厅，急中生智开辟了“胡志明小道”，把餐桌放在豫园内绮藻堂楼上。我又想起，市民要到绿波廊举行婚礼，办几桌喜酒，因没有适合的餐厅而扫兴。如今豫园旅游区在建设中，如果把这两家一墙之隔的饭店的墙拆了，两家合成一家，既可以接待国宾，举行婚礼吃喜酒也有气派，对豫园旅游商城内部更是有引领作用，其理由，其好处，其效益，都不言而喻。虽然如此，但我不宜直接提出，应该建议行政首长考虑。

尽管有种马上要找人谈谈的冲动，但我还是迫使自己冷静下来，要从容处置，急不得。这里有个“到位”和“越位”的问题，我已不在区长岗位上，也不再是豫园旅游区管委会的主任，对这一纯属行政方面的具体问题，无论是两家饭店、两副灶头什么的，切记不可直接行政干预，直接处理。

考虑再三，我把有关情况和建议及时和区长沟通，他很重视，了解情况后及时处置，结果是两家饭店从隔壁邻居合并成一家，就是现在的绿波廊了。

桥　　话

南浦大桥会说话还能讲课，但要我们用心灵去听。

工作岗位转换了，工作思路和方式方法必须随之变化，以适应新的工作要求。转到区委书记岗位，我一直在思考新的工作思路：以什么为抓手，又从何抓起？

上海市区黄浦江上的第一座大桥，所以名之曰‘南浦大桥’，是大桥两堍都在南市区的南码头，这是南市区人民的幸运，也为南市区人民带来了机遇和挑战。

说起这南码头，真可谓意味深长。抗日战争时期，南码头轮渡口有日本鬼子站岗，过江市民必须向鬼子鞠躬，鬼子稍不如意就拳脚相加。浦东游击队战士弄到一批枪支，藏在浦西火车站，怎么带过江送到游击队员手中？机智勇敢的游击队员扮成去浦东钓鱼的人，背着套有布套的钓鱼器具来回，故意同站岗的鬼子搭讪混熟，时机成熟后将步枪包得像钓鱼竿一样，运到浦东去。这是我在采访浦东游击队队长朱亚民同志时得到的第一手资料。1979 年回沪后，我参加上海市作家协会恢复活动后举办的第一个创作研讨班，其间有一个月采访创作时间，我选择写浦东游击队，到南汇、奉贤等地寻访健在的老游击队员，专程去苏州和队长朱亚民同志长谈了两天。

说来这很有点意思，1958 年初下放浦东劳动，我来回都在南码头摆渡过江，有时生产队长派我往市区用劳动车运泔脚当猪饲料，浦江潮落，拉车下船或上岸费力和危险，至今回想还很后怕。

从摇小舢板船过江到有市轮渡运物载人，到在黄浦江造大桥，这是多少代上海人的经历和追梦过程，大桥将改写“宁要浦西一张床，不要浦东一间房”的历史，也将改变“一江之隔一城一乡”的局面。

向世界银行贷款建设南浦大桥是什么样的魄力和胆略？自行设计，自力建设，不但如期通车，还节约了 400 万元，这是什么精神？那么多居民和单位动迁，没有讨价还价，没有钉子户，这是什么风格？这一切堪称黄浦江上新的亮丽风景，她以自豪的口气向世界讲述了一个个精彩的故事，富有发人深思的哲理。

我豁然开朗！

转岗到区委书记任上，我的工作职责、工作思路、工作途径和工作方法，必须随之而转变。看来，在努力完成市委布置的任务基础上，我要和区委一班人共同努力，从思想政治工作的角度，请大桥为我们上课，让大家来听听南浦大桥的声音！大桥是活的，有许多生动的故事可以讲，有许多富有哲理的体会可以谈，她能使我们提神醒脑，耳聪目明，干劲倍增。

经和区委常委、宣传部长姜樑同志等商量，并召开区委常委会讨论决定：在全区开展“看大桥，话改革，树信心，作奉献”教育实践活动，活动的特点不言而喻。

活动开展四个月以来，有 24 万人次参加。有的街道提出了“创大桥地区优美环境，当大桥地区文明市民”的讨论，有的则在居民中广泛开展“我为大桥做点啥”的活动，有近 5 万人次投入了大桥地区的环境整治工作。活动中 3 000 多名积极分子向党组织递交了入党申请书，257 名同志光荣加入了中国共产党，138 名新党员在南浦大桥上举行入党宣誓仪式……

此后，每次经过南浦大桥，我都会精神为之一振。

琴　　艺

不仅要会吹口琴，而且要能弹好钢琴。

我转岗到区委工作，沈红光是区委常委、组织部长。他是上届区委常委、组织部长，连选连任，富有经验。

我在区政府工作三年，深感事在人为，有什么样的干部队伍就有什么样的工作局面。在我看来，党委的任务最重要的是正确贯彻执行党的方针政策，工作要由干部去做的，因而关心、帮助、教育培养干部，是党委第一位的工作。

依我的浅见，对大多数干部来说，特别是年轻干部，既要学会吹口琴，更要学会弹钢琴。比喻总不免蹩脚，请允许我打一个蹩脚的比喻：有的青年同志口才不错，“口琴”吹得很好，讲话做报告都堪称精彩（这是需要的），只是实践经验比较缺乏，碰到相对棘手的实际问题就难以应对，甚至束手无策。

事在人为，有什么样的干部队伍就会有什么样的工作

调离南市区后，南市区政府部分
老同志在作者家合影

面貌。我和组织部的同志对中青年干部进行调查，认为我们这一届区委关注的重点，要在干部选拔、任用和培养上给予高度重视，争取有所突破，特别是在选拔、培养中青年干部方面，必须采取有效措施，有针对性地办一期中青年干部学习班。

说办就办。先和组织部长商量，再和党校常务副校长研究，并分别听取老领导的意见，在取得基本共识的前提下，履行必要的程序，办班工作启动了，中青年干部培训班如期在区委党校开学。

讲到吹口琴和弹钢琴，应该说，吹好口琴也不容易！但弹钢琴要求更高，因为钢琴有 88 个琴键！所以弹钢琴的人何止聚精会神？何止全力以赴？他不仅要钢琴技法娴熟，更要全力以赴，胸有成竹，施尽浑身解数……

有的同志把这期中青年干部培训比作“黄埔几期”，耐人寻味。

此后参加音乐会，面对钢琴演奏的情景，我会浮想联翩……

香　港

回归前的香港，是一本必读而又耐读的奇书。

记得我接到通知，按时到市委组织部开会，到会的共12位同志，大都互不相识，系来自本市多个系统或部门，大都为中青年干部，唯我一人已有稀疏白发。

听部领导讲话才知道，我们将派往香港，参加第26期香港工商业研讨班。工商业研讨班由香港中华总商会举办，是霍英东会长的义举，他提供条件，让祖国内地的干部参观考察香港概况，研讨商贸、旅游、司法、企业管理、房地产业及城市管理等六个专题。

这次研讨班邀请来自北京、上海、江西、吉林的40名学员，上海学员就是在座的12人。接着，市委组织部和市外经贸委的同志分别讲了出境人员的外事纪律、安全保密和礼节礼貌等方面的要求，指定由我带队。

我们按时来到广州，在广东省委集合后进行行前准备，再乘火车抵达香港，香港中华总商会张永珍副会长来车站迎接，住在名为太古城的一幢公寓楼内。

当晚霍英东会长举行欢迎宴会，致欢迎辞，学员代表发了言。我和霍英东先生比肩而坐，席间礼尚往来，附耳轻声交谈。

按课程计划，我们采取听讲座和实地参观相结合再进行研讨的方式。香港实施“居者有其屋”，从听课到实地参观考察，给我印象深刻，很有启发。香港的经济发展和金融事业是我关注的，专门参加了模拟股票交易，和一位曾在上海老西门开过银行的人士交谈，有所启发，引起了深思。在香港廉政公署为时一天的考察讨论，也留下了难忘的印象。

在港学习考察共 26 天，这期研讨班是第 26 期，巧合，好记。

记忆深刻的是到港后第一天晚上，一位学员请假去探望在香港的亲友，深夜未归。我等得坐立不安，又无法联系，更不便张扬，唯有焦急不安地等呀等，如果到黎明还不见他回来，我必须向“家里”及时汇报。

直到深夜，这位同志才兴致勃勃地回到住处，向我讲述初到香港的见闻，他坐地铁去拜会亲友，说是“像刚进城的农村孩子一样惊奇”，感慨“上海落后了，哪天我们才能有地铁啊”。

这，我也有同感。和一位香港朋友谈及此事，他告诉我："大陆'文化大革命'开始那年，香港开工建设地下铁路。"我了解到，香港已建成地铁工程38.6公里，建有两条海底隧道，三条穿山公路，还有全长9公里，被称为港岛走廊的高架路，以及电气化铁路和轻轨铁路系统……对此我们感慨良多，反复咀嚼其间滋味。

"表叔?"在星期日或休息时，学员们结伴去逛街看市场，商场营业员或摊贩会叫我们"表叔"，不无戏谑意味地说："看，表叔们来了！""欢迎，表叔！"这令人尴尬的称呼，叫人费解。我忍不住问陪同的当地朋友，何以如此称呼？她告诉我说："表叔是对内地来客的一种戏谑的称呼。""他们何以一看就能分辨出是内地来的客人?"我问。"内地来客很容易看出，他们有三个明显特征：一是集体行动，二是衣着统一为西装，三是只看不买。""那为什么称呼表叔呢?"我又问道。"这还不明白吗？革命的但不买东西，京剧《红灯记》里小铁梅唱的，我家的表叔数不清……就是来自这个意思呀！"我听了，只能哑然失笑。

"李区长！李区长！"一个星期天的上午，我和几位学员在铜锣湾一带散步，边走边聊，悠闲自在，突然后面有带上海口音的人在喊，边喊边追了上来。

我回头一看是位中年以上男子，面容陌生，而又似曾相识。他赶上来作自我介绍，我才豁然开朗，原来是我在区长任上的一位“老信访户”，他的大哥在香港从事银行业，母亲年老体弱，住在上海南市区老式石库门房子里，生活不便，申请赴香港探亲，小儿子因要照应年迈体弱的母亲，申请陪同前往，久不获准，成了老上访户，来了专找区长。我接待他多次，曾去他家访问，开过协调会，他们终于获准赴港。此事我早已淡忘，没想到事隔多年后会在此偶然巧遇。

握别了这位上海老乡，我和几位学友继续散步闲聊。

“为老百姓办了实事好事，人家会一直记在心上，感谢干部其实也就是感谢人民政府。”一位学友感慨地说。

“是啊，我们这些为人民服务的干部，要实实在在地为群众排忧解难！”我说。

“是的，一定要带给老百姓实惠，不要给他们水中月、镜中花！”另一位学友说。

……

事　业

不要引进“愚人节”，不妨创新“事业节”。

改革开放提倡国际交流，走出去请进来，既引进又输出，我举双手赞成，并在实践中贯彻执行。但引进西方“愚人节”，我持反对态度，这既不是因为出于“排外”思想，不肯、不敢“引进”“愚人节”；也不是因为我们的节日已经够多了，节日只要有必要还是可以适当增加些的，但窃以为这个愚人节，从内容到形式都不可取，更不合中华民族的传统与现状，切望“正在精心设计，以便在‘愚人节’这天同朋友们开不大不小的玩笑”的同胞们，三思后慎行。

据《简明不列颠百科全书》介绍：“4 月 1 日称愚人节，是因为根据习俗在这一天可以对别人玩弄恶作剧。”可见我们根本不必引进这样的节日，否则恐怕真会有“愚人”或被人愚弄的意味了。

4月1日这天，可以作为一个节日来度过，那就是“事业节”。这是我在自己的生活中体会到的，以《事业节》为题写了一篇文章，发表后还得到一些人的支持，他们来信说已经把4月1日这一天定为自己的事业节了。

那是前年的事情了，为抢修老城厢尚存的一些文物古迹，有识之士发起筹建“上海市老城厢文物古迹保护基金管理委员会”，人们纷纷慷慨解囊，我也捐款410元，以表心意。有同志好奇地问我：为何捐这个数字？我不能不答，就说出了原委——取其“事业”的谐音，亦即为了这有意义的事业，尽我绵薄之力。

从此我总想着打算提个倡议：把4月1日定为我国的“事业节”，目的在于使中华儿女代代相传地弘扬事业精神。

我青春年少时在中国新民主主义青年团机关工作，天真活泼，单纯幼稚，读小说如痴如醉，苏联小说《钢铁是怎样炼成的》中保尔·柯察金所说的话：“我的整个生命和全部精力，都已经献给了世界上最壮丽的事业——为人类解放而斗争。”是啊，人生在世，不了解不认真思考和正确对待事业问题，没有崇高的伟大理想，人生就是空虚的。在我心目中，华罗庚、鲁迅、茅盾……都是把毕生献给伟大事业的光辉典范。

当今中国，振兴中华的伟大事业使每个炎黄子孙都有一种使命感和责任感，在“事业节”这天发扬事业精神，交流为事业而奉献的经验……

这只是我作为一个公民的建议，时值全国人代会和政协会议召开期间贸然提出，如能引起注意，幸甚！幸甚！

履　　痕

漫漫人生路，一步步地走，每一步都留有履痕。

依依不舍，就要离开长期生活、工作的南市区，奉调到上海市文联任职了，我独自来到豫园旅游商城，意在和同志们告别。虽有依依不舍之情，但大家都面带笑容，谈话仍离不开豫园旅游商城的工作，谁也不愿说告别的话，直到我要离开了，才有两位同志配合默契地拿出早已备好的笔墨纸砚之类，要我写几个字留作纪念。

我笑了，坦率地说："你们不是不知道，我的毛笔字比蟹爬的还难看，所以从不肯出这个洋相，你们就不要为难我了！"

"留个纪念，留个纪念么！"大家异口同声地说。说着，裁好的宣纸已经铺开，笔墨准备到位。

看来我不应该使大家扫兴，恭敬不如从命，只好献丑了。

写什么呢？我沉思、斟酌。同志们在默默无闻地期待。

“步胜”题辞

我突然握笔挥毫写下了两个字："步胜。"

掌声。赞扬声。是鼓励，也是首肯……

过后，有次我因事去豫园旅游商城办公楼，意外但不惊喜地发现我写的"步胜"二字刻在一块匾上，悬挂在门楼上方，进进出出的人们都能看见，这……真的让我献丑了！木已成舟，我还能说什么呢？只有默认。转而一想也好，"步胜"说明豫园旅游区的建设只是初步胜利，尚须继续努力！

转眼间调到上海市文联一年又半，我给现任南市区委的负责同志打了个电话，没说几句客套话，就说想回来一次，得到热情欢迎。我说我想在回来前请区委组织部、区纪律检查委员会帮我回头看看，在我任期内所提拔的干部和所处分的干部，现在情况怎样？看看我工作中有什么问题？有没有提拔错了或处分错了的情况？现任区委负责同志理解并帮助准备，我心存感谢。

回到工作多年的机关，现任领导热情接待。我担任区委书记时，提拔任用的干部工作在新岗位上，都称职或基本称职，有的还有突出表现，我听了深感欣慰，由衷祝愿他们继续努力，更上一层楼。受到纪律和行政处分的 22 名干部中，现在看来有两位同志的处分偏重了些，虽然当时有认识和平衡等方面的因素，但我内心难以排遣的是对他俩的抱歉。

离开曾经工作过的地方快五年了，依然有着割不断、理还乱的情丝。有时会神使鬼差似的，独自来到老城隍庙闲逛庙市，为这里日新月异的变化和兴旺而发自内心的高兴，也会像个清洁工似的捡起地上的空香烟盒子，丢进垃圾筒里。

豫园旅游商城的面貌非比往常，居民已经全部迁走，妥加安置，时任市长同志当年来视察时，窗口晾晒的尿布、内裤不见了，一幢幢明清建筑风格的商场排列有序，错落有致，华宝楼等都由名家题写楼名。我信步来到九曲桥畔，面对绿波廊，不由又回想起那晚两家饭店同时装修施工的情景。哎，这绿波廊餐厅对面的挹秀楼，是豫园旅游区最高的老楼，当年站在挹秀楼窗口，能欣赏上海市景，看到黄浦江上的轮船，到现在怎么还没有挂上楼名？难道是因我而造成的？

实在没有想到，豫园旅游商城的领导同志又郑重其事地来找我了，说是其他楼宇都已题写并制成楼名匾额，唯有挹秀楼一直空着，就是等你李区长写！他们再三说明情况和理由，提出了坚决要求，执意要我为至今还空缺的挹秀楼题写楼名，还说他们也都快退休了，这事不能再拖了。

情真意切，一时我不知如何是好。

离开南市区到市文联工作后，和区里同志的感情没有因此而疏离，联系也从未间断，为挹秀楼写楼名的事，也可以说是个延续了多年的历史遗留问题，该了结了。

盛情难劫，真情难违，我于是答应了这个要求，题写了“挹秀楼”三个字。凝望着墨迹未干的这三个字，不禁自嘲地笑了：字如其人啊，人笨拙，字也笨拙！

人生之旅路漫漫，总要留下浅浅深深、正正歪歪的足迹，谁能不留下自己的履痕呢？我也难免，只是但愿这些履痕自然而悄然地消失，尽快……

后　　记

我苍老得太快，却聪明得太慢、太晚。

面对书稿，忽然想到杨扬教授为我的长篇小说《非常爱情》所写序言《在历史长河中见证人性》中的一段话："对于他这样一位年逾古稀的老人，已不再希望从文学创作中谋取什么名利，而是希望通过文学传递出自己的某些人生经验，对国家对社会起到一点有益的影响。"这段话说得太对了，在这里只是必须改动一个字：七字改为八字，因我已年过八旬了。古人言，人生七十古来稀。当年杨扬教授为《非常爱情》写序时，我正值"古稀"之年，而今已是年过耄耋了！

《船行有声》是我写的第十五本书（其中《银楼》与人合作），出版后收到的读者来电来信最多，对我鼓励最大，都希望我继续写下去。说实话，年过耄耋，力不从心。但想到读者的鼓励和期待，写着写着就写成了《船行有声》

的续集《我在上海当区长》，其中所写是我当选南市区人民政府区长以后的所思所虑、所作所为，作为献给上海人民的一朵小花吧！

感谢读者朋友对我的厚爱！请给予批评指教！感谢钱谷融老师、杨扬教授、赵丽宏先生对我的鼓励和指教！

感谢文汇出版社桂国强、张衍同志的关心和支持！感谢鲍广丽同志的帮助！

我的家人一如既往地对我谅解和支持，在此一并表示衷心地感谢！

2015 年 6 月 7 日于乐耕堂